〈동남아 여행기 1: 미얀마〉

벗으라면 벗겠어요.

송근원

〈동남아 여행기 1: 미얀마〉

벗으라면 벗겠어요.

발   행 | 2023년 2월 3일

저   자 | 송근원

펴낸이 | 한건희

펴낸곳 | 주식회사 부크크

출판사등록 | 2014.07.15.(제2014-16호)

주   소 | 서울특별시 금천구 가산디지털 1로 119 SK트윈타워 A동 305호

전   화 | 1670-8316

이메일 | info@bookk.co.kr

ISBN | 979-11-410-1280-9

www.bookk.co.kr

지난 9월, 우연히 이곳저곳 들러 가는 값싼 비행기 표를 구하는 방법을 알게 되어, 추석이 지나면 두 달 동안 동남아를 여행하고 와야 되겠다 싶어 계획을 짜기 시작했다.

동남아 국가들은 물가도 싸고, 두 달만 돌아다니다 오면 비행기 값을 포함한 모든 비용이 국내 생활비면 가능하겠기에 일단 가보지 않았던 국가들을 중심으로 비자 여부를 찾아보았다.

미얀마는 양곤, 만달레이, 네피도 공항으로 입국할 경우 전자여행허가(ETA)를 사전에 신청(USD $50)해야 하고. 그 외의 공항, 육로 등으로 입국 시에는 사전에 비자를 발급 받아야 28일 체류가 가능하다, 라오스는 무비자로 15일이 가능하며, 태국, 말레이시아, 싱가포르는 90일 무비자가 가능하다는 것을 알았다.

인천에서 출발하여 싱가포르를 거쳐 미얀마에서 28일 이내로 머물고, 태국 방콕으로 가 며칠 있다 라오스로 가 14일 정도 여행하고, 다시 싱가포르를 거쳐 인천으로 돌아오는 비행기 표를 끊는다.

두 달간의 구체적인 여정은 일단 출발한 후에 그때그때 융통성 있게 짜기로 했다.

마침 이시우 씨 내외가 우리의 이러한 계획을 듣고는, 함께 가자 하여 일사천리로 비행기 표부터 끊어 놓은 것이다.

그리곤 무작정 출발한 것이다. 일단 비행기 표를 끊어 놓으니 출발 안 할 수는 없지 않은가!

이것이 여행 잘하는 비결이다. 컴퓨터를 켜 놓고 일단 비행기 표부터 끊는 것!

나와 집사람, 그리고 이시우 씨 부부, 이렇게 넷이서 구체적 계획도 없이 미얀마로 날아간 것이다. 서로 믿고 의지하는 바람에 사전 여행 계획은 전혀 없는 상태에서 이번 여행이 시작되었다.

그렇지만 걱정하지 않으셔도 된다. 그때그때 며칠 앞을 내다보고 계획을 짜고 융통성 있게 여행하는 바람에, 여행은 더 재미있고 더 즐거운 것이 되었다. 덤으로 며칠 앞을 내다보는 혜안을 가지게 되었고……

또한 네 사람이 여행을 하다 보니 렌트카 비용 등이 많이 절약되었다. 결과적으로 두 달 생활비보다 조금 더 들긴 했지만, 여행의 목적은 충분히 달성한 듯하다.

이 자리를 빌려 함께 두 달 동안 고생했던 이시우 씨 부부에게 감사의 마음 전한다.

〈동남아 여행기 1부: 미얀마 편〉는 부산을 출발하여 인천에서 비행기를 타고 싱가포르를 거쳐 미얀마 만달레이, 바간, 인레, 양곤, 바고, 짜익티요까지의 여행기이고, 〈동남아 여행기 2부: 태국 편〉는 양곤에서 태국의 방콕, 아유타, 그리고 국경도시인 농까이를 거쳐 라오스에 들어가기 전까지의 여행기이고, 〈동남아 여행기 3부: 라오스 편〉는 비엔티안, 방비엥, 루앙프라방을 여행하고 싱가포르를 거쳐 인천으로 돌아올 때까지 보고 듣고 느낀 것을 담아 놓은 여행기이다.

미얀마라는 나라는 뉴스에서 접하고, 사진으로만 보았을 뿐 한 번도 가보지 않은 국가라서 무엇이 우리를 기다릴까 기대가 컸는데, 그 기대는 전혀 어그러지지 않았다.

옛날에 캄보디아의 앙콜 와트와 인도네시아 조그자카르타의 보르부두르 사원을 보고 그 규모와 아름다움에 감탄한 적이 있었지만, 미얀마 역시 이들 못지않은 불교 유적을 보여주었다.

만달레이의 사가잉 언덕의 사원들, 만달레이 힐의 해넘이 풍경, 사진에서 미리 보고 가슴 설레던 바간의 사원들과 해돋이를 배경으로 떠오르는 풍선(風船)들, 뽀빠산의 낫(Nat)에 관한 전설과 산꼭대기의 절, 까꾸의 2,478기의 불탑들, 인레 호숫가에서 살아가는 사람들의 풍경, 양곤의 쉐다곤 파고다의 화려함과 로카찬타의 옥불, 바고의 구렁이 사원 등 특이한 절들과 마하 자이데 파야에서 본 해넘이, 그리고 짜익티요의 흔들바위가 아직도 눈앞에 선하다.

한편 태국에서는 아유타의 고대 왕국 유적지와 절들, 불탑들이 인상에 남고, 방콕의 왕궁과 에메랄드 사원으로 알려진 왓 프라께우, 그리고 작년에 돌아가신 태국 왕을 화장하고 기리기 위한 전시관, 전각 등이 있는 왕가의 화장장(Royal Crematorium)이 특히 기억에 남는다.

또한 방콕에서 라오스 비엔티안으로 가기 위해 국경도시 농카이로 가는 야간열차 또한 잊지 못할 추억이고, 농카이에서 들린 살라 케오 코우(Sala Keo Koe)의 불상들이 특히 기억에 남는다.

라오스에서는 비엔티안의 도가니 국수와 루앙프라방에서의 족발이 아직도 군침을 돌게 한다.

물론, 방비엥의 파댕리조트 호텔에서 감상한 수려한 산들과 해돋이 해넘이 광경, 불루라군에서의 물놀이, 루앙프라방 교외에 있는 꽝시 폭포와 탓새 폭포 등도 추억 속에 한 자리를 차지하고 있다.

특히 루앙프라방 푸시 산의 해돋이는 그 감동이 아직도 잔잔하다.

그리곤 싱가포르로 날아가 말레이시아의 조호바루로 건너가 중고등학교 때의 절친한 친구인 화운 부부를 만났던 일 등이 마치 엊그제 같다.

여행이란 새로움을 찾아 떠나는 것이다. 우리의 일상과는 다른 새로움 속에서 무엇인가 느끼고 즐기는 것이 여행이라면, 이런 점에서 이번 여행은 성공한 여행이다.

이 책에서 읽는 이들과 나누고 싶은 것은 동남아에서의 생생한 여행 체험이다. 곧, 미얀마, 태국, 라오스, 싱가포르에 사는 사람들의 생각과 생활, 여행하면서 쓴 이가 보고 겪고 느낀 것, 그리고 이들 국가들의 여행에 필요한 정보들, 이런 것들이 이 책의 주요 내용이다.

읽는 분들께선 이 책들을 통해 미얀마, 태국, 라오스 싱가포르. 조호바루 등의 여행을 즐겨 주시면 고맙겠다.

이 책이 동남아 여행을 계획하시는 분들에게 좋은 길잡이가 될 것으로 확신하며.

2018년 3월 쓰고, 2023년 2월 출판하다.

송원

차례

싱가포르를 거쳐 만달레이로
(2017. 11.4~1.19)

만달레이 왕궁

쉐얏또 사원

뽀빠산, 바간
(2017.11.9.~11.12)

바간

술라마니 구파야 사원

인레, 까꾸, 타웅지
(2017.11.13.~11.17)

까꾸

네피도, 베익타노, 삐이
(2017.11.18~11.22)

아까욱 따웅

양곤
(2017.11.23~11.27)

쉐다곤 파고다

바고, 짜익티요
(2017.11.27~11.28)

마하 자이데 파야

1. 출발 하루 전, 그리고 첫날 밤

2017년 11월 4일(금)

출발 한 달 전, 미얀마와 라오스를 여행하기 위하여 피트그라프(Fitgraph)에서 '인천-싱가포르-만달레이'와 '루앙프라방-싱가포르-인천' 항공표를 일인당 65만원에 구입하였다.

이번 여행은 동남아를 2개월 동안 여행하려고 비행기 표를 구하는 과정에서 요가 시간에 만난 이시우 씨 부부가 같이 가자 하여 함께 표를 구입한 것이다.

내일 출발이라서 바쁘다. 별로 할 일이 없는 거 같은데 괜히 마음만 싱숭생숭하다.

화분은 옥상으로 날라 하느님 품에 맡겨 놓고, 여행 가방을 싸는데, 벌써 12시다. 겨우 등에 매는 백팩 두 개와 기내 가방 하나가 전부인데…….

새벽 5시 20분 이시우 씨 부부가 차를 몰고 와 노포동으로 향한다.

6시 30분 부산시외버스 터미널에서 인천공항 가는 리무진 버스를 탄다.

버스 안에는 운전기사와 우리 넷밖에 없다.

버스 한 대를 전세 낸 거 같다.

이래서야 장사가 되겠나? 버스회사가 걱정이 된다.

이시우 씨 말로는 노선을 확보하기 위해 지금은 적자를 감수하고 운행하는 것이라 한다. 적자는 다른 노선에서 메우고, 언젠가는 흑자로 돌아설 것을 기대하며…….

역시 사업가는 앞을 내다보아야 한다.

싱가포르

버스 속에서

"나는 지금 어디로 가고 있는 걸까?"

라는 의문이 든다. 당연히 인천공항으로 가고 있다는 것을 알면서도, 그것이 정답이 아닌 듯하다.

"정말 나는 어디로 가고 있는 걸까?"

"죽음을 향해서? 미지의 세계를 향해서?"

아마도 버스 속에 갇혀서 생각하지 않고 멀리 길게 보면 이 대답이 맞을 것이다.

공항에는 11시 반에 도착한다. 비행기 시간은 4시 반인데 너무 일찍 온 것이다.

2시간 전에 체크인하라 하니 뭘 하고 있어야 하나?

우리가 타고 간 싱가포르 항공

1. 출발 하루 전, 그리고 첫날 밤

일단 짐을 들고 위층으로 올라가 점심을 먹는다. 커피도 마시고.

2시쯤 체크인을 하니 앉는 좌석이 모두 분리되어 있다. 35c 45e 등.

벌써부터 수난이 시작된다.

밤 10시에 싱가포르 공항에 도착한다.

중국인으로 보이는 승객이 가방을 내리면서 주내 머리에 세게 부딪치는 사고를 낸다. 그러고도 그냥 "미안, 미안"하고는 휑하니 가 버린다.

주내 옆의 승객이 "괜찮으냐?"며 스튜어디스를 부른다.

스튜어드가 와서는 이것저것 묻는다. 경위서를 써서 보고하고 그 복사본을 준다고 한다.

만약 병원에 가게 된다면, 보험 처리를 위해 경위서가 필요할 것이라 한다.

좌석이 떨어져 있어 나는 멀리서 이를 볼 수밖에 없었다.

승객들은 다 내렸는데, 우리만 승무원들하고 남아 있다.

빨리 호텔 가서 자야 내일 아침 다시 비행기를 갈아탈 수 있는데…….

경위서를 썼으면 빨리 줘야지!

그러나 자꾸 시간만 흐른다. 벌써 11시 가까이 되었다.

주내에게 물으니 괜찮을 것 같다고 한다. 경위서보다도 빨리 전철을 타고 호텔로 가야 한다고 생각된다.

마침 싱가포르 항공의 스튜어디스가 한국 여자분들이다.

결국 경위서는 포기하고, 승무원인 조은아 양의 도움으로 100달러를 싱가포르 달러로 환전한 후, 택시를 타고 나노 호스텔로 간다.

본디는 공항 안 호텔에서 자고 환승하려 하였으나, 우리 돈 10만 원 가량으로 비싼데다가 숙박 시간이 5시간으로 제한되어 있어 아예 싱가포

싱가포르

르 전철을 타고 시내로 가 자고 들어오는 것이 나을 것 같아 '나노 호스텔'을 숙소로 예약해 놓은 것이다.

이 호스텔은 MRT(Mass Rapid Transportation: 전차)역 부근이라서 다음 날 공항으로 이동이 편리할 듯해서 선정한 것이다.

택시에서 내려 호스텔로 올라가 주인을 찾으니 아무도 없다. 주변 사람에게 물어보니 관리인이 퇴근했다는 것이다.

참 난감하다.

어찌해야 하나? 다른 데 갈 수도 없고.

손님으로 보이는 사람들이 도와준다고 전화를 거는 데 전화를 받지 않는다.

투숙객이 전화하는 등 부산을 떨고 그러다가 12시쯤에야 매니저가 왔다.

6인용 침대 방에서 침대 두 개를 빌렸는데, 주내와 나는 각각 떨어져 있는 이층 침대이다. 물론 이시우 씨 부부와도 같은 방이 아니다.

씻는 곳도 불편하고, 화장실도 불편하고. 주변 환경도 지저분하고. 별이 세 개인 호스텔인데 참으로 열악하다.

싱가포르는 깨끗하고 깔끔한 것으로 알고 있었는데…….

호스텔 이용은 러시아에서도 해보았지만, 정말 깨끗하고 좋았는데, 러시아만도 못하다.

우물 안 개구리라고, 알고 있는 것이 다는 아니다. 옛적에 좋은 것만 보고 그런 인상을 간직하였지만, 지금은 아닐 수 있다. 그 반대일 수도 있다. 변하는 것이기 때문이다.

그나마 다행인 것은 승무원과 투숙객들이 도와준 것이다. 정말 감사한

1. 출발 하루 전, 그리고 첫날 밤

싱가포르가 깨끗하다고?

다.

이 선생과는 아침 7시에 만나기로 하고 침대로 기어 올라간다. 침대는 계속 삐걱거리고, 잠이 안 온다.

이럴 줄 알았으면 그냥 공항에서 머물 껄 그랬다 싶다.

다음 날 아침, 이 선생 부부와 MRT를 타고 공항으로 이동한다.

이 선생 부부에게 괜히 미안하다. 첫날밤부터 너무나 열악한 곳에서 재웠으니…….

이 선생 부부에겐 아마 잊지 못할 첫날밤이 되었을 것이다.

2. 마누라 명령인디⋯⋯.

2017년 11월 5일(일)

4시에 일어난다. 잠이 안 온다.

6시 고양이 세수를 한 후, 7시에 이 선생 부부를 만나 컵라면을 먹는다.

MRT를 타고 공항으로 간다. 차비는 2.20SGD(싱가포르 달러)이다.

창이 공항에 도착한 것은 얼마 안 되어서이다. 역시 너무 일찍 도착했다.

게이트 10에서 기다린다.

안전요원에게 묻는다.

"환승 승객은 여기에서 자도 되느냐?"

"며칠이나 잘 거냐?"

"물론 하루지. 뱅기 갈아타야 하니깐. 근데 여기서 며칠 자도 되냐?"

"안 된다. 하루는 괜찮다. 시큐리티가 두 눈 부릅뜨고 지켜보다 잡아간다."

야, 임마, 환승하기 위해서 하룻밤을 여기 있는 거지 누가 며칠 씩 있으면서 환승을 하냐? 그런 걸 묻는다고 묻냐? 자슥~.

여하튼 괜찮다는데, 어제 괜히 시내에 나가 고생을 한 것이다.

여기서 잘 껄. 카펫도 푹신하고, 돈도 절약되고, 이 좋은 델 놔두고⋯⋯.

"여기서 자고, 요 위로 올라가 샤워하면 된다."

"요 위 어디서 샤워를 혀?"

"요리 요리 올라가면 공항호텔이 있는데, 8달러만 주면 샤워할 수 있어요."

"그 호텔 6시간 숙박하는 데 아녀?"

"예. 맞어유."

내가 정보가 없는 바람에 괜히 다운타운 가느라 택시비며 호텔비며, 돈 버리고 고생했네. 에잉.

주내에게 초코파이 먹자 한다. 그러면서 대뜸 커피 사오라는 명령이다.

"커피숍이 어디 있나?"

친절한 안전요원에게 묻는다.

"저기 저쪽 갈림길에서 왼쪽에 있시유."

커피 사러 먼 길을 떠난다. 아까 한참 걸어왔던 길이다.

드디어 커피집에 도착했다.

아무리 먼 길이라도 결국은 도달하게 되어 있다는 진리를 다시 한 번 깨닫는다.

"아메리카노 두 잔!"

"오케이"

돈 내고 기다린다.

아이스커피를 따르더니 손짓을 한다.

"핫 커피 시켰는디……."

그러자, 다시 커피를 가지러 간다.

"아니, 괜찮아. 나머지 하나만 핫으로 줘. 들고 갈 거다."

"안 됩니다. 여기서 드셔야 합니다."

내가 찬 거 뜨거운 거 두 잔을 여기서 다 먹으라고? 말이 되는 소리

싱가포르

여?

아마도 흘리면 카펫에 얼룩이 지니 못 들고 다니게 되어 있는 모양이다.

그렇지만 마누라 명령인디……. 어떻게든 게이트 10까지 들고 가야 한다.

"알았어. 빨리 두 잔 줘."

두 잔을 받아 들고, 주위를 살피면서 다시 먼 길을 걸어간다.

게이트 10 근처에서 아까 안면을 튼 안전요원이 못 본 척 고개를 돌린다. 아까 안면 튼 대가(代價)이다.

탱큐!

드디어 성공이다.

이 선생 부부에게 한 잔 주고, 난 냉커피를 마신다. 물론 눈 감아 준 안전 요원을 위해서라도 흘려서는 안 된다고 주의를 준다.

아직도 한 시간 반이나 남았다.

이제 뱅기 탈 시간이 다 되어 간다.

"근디, 주내와 초롱 씨는 워디 갔지? 없어져도 좋지만, 여권과 비행기 표는 주고 가야 하는디……."

이 선생 말씀이다. 내 말이 아니다.

그냥 기다리는 수밖에. 주내와 초롱인 조금 있으니 현신한다.

"워디 갔다 오능겨?"

"화-장-실!"

"그럼 빽을 맡기고 갔어야지."

"초롱 씨가 자기 짐은 자기가 각자 책임져야 한데요."

2. 마누라 명령인디……

"그럼 없어져도 좋은데, 여권은 주고 가야지. 난 어쩌라고!"

이제 뱅기 속으로 들어간다.

드디어 이륙이다. 10시 50분.

주내가 입국신고서 베끼다가 들통이 났다. 성별까지 그냥 베끼면 되냐?

싱가포르보다 한 시간 반 차이가 난다. 보통 시간을 한 시간 단위로 끊어 표준시를 정하는데, 유독 미얀마만은 한국과 두 시간 반 차이이다.

예컨대, 한국이 12시이면, 싱가포르는 11시, 방콕은 10시인데, 만달레이나 양곤은 9시 반이다.

만달레이에는 12시 35분에 도착한다. 싱가포르 시간으로는 2시 5분이다.

만달레이 왕궁 근처

싱가포르

왕궁

만달레이는 미얀마 제 2의 큰 도시이다. 영국에 의해 합병될 때까지 미얀마 마지막 왕조인 콘바옹 왕조(Konbaung Dynasty)의 수도였다.

택시를 타고 20,000짯(약 16,000원) 주고 사하라 호텔에 도착한다.

환율은 1달러에 1,335짯이다. 대충 "짯(Kyat)"이나 "원"이나 비슷비슷하다.

물론 우리 돈이 가치가 쬐끔 더 나가긴 하지만.

샤워부터 하고 쉰다.

저녁 5시 반, 저녁 먹으러 맛집을 찾아 멀리도 간다.

호텔은 왕궁 옆에 있는데, 음식점인 〈밍글라바〉까지는 한 15분 걸어야 한다.

참 이상하다. 아무리 기다려도 건널목의 빨간불이 파란불로 바뀔 않

2. 마누라 명령인디…….

는다.

나중에 알고 보니, 건너는 사람이 건널목에 있는 단추를 누르면 신호가 바뀌는 것인데, 아무도 그걸 이용하는 사람이 없는 것이다.

사람들은 그냥 대충 알아서 건너간다. 좌우를 살피면서.

퇴근시간이라서 그런지 오토바이, 자전거, 자동차들이 너무 많다.

슬슬 눈치를 보면서 길을 건넌다. 그리고는 왕궁 벽을 따라 계속 간다.

가면서 계속 묻는다.

"밍글라바(Minglar Bar)?"

"밍글라바!"

밍글라바를 가르쳐 주지 않고, 그냥 "밍글라바" 하고 지나간다.

왕궁과 해자

미얀마 만달레이

나중에 알고 보니 밍글라바는 '안녕하세요.'라는 미얀마 인사말이다.

인사말을 음식점 이름으로 도용한 것이다.

난 그런 걸 모르고 빠(Bar)가 들어가서 음식점 겸 술집인 '밍글라 빠'인줄 알았지, 뭐.

여하튼 밍글라바에 도착했다.

카레가 유명한 전통음식점이란다.

맥주(2,000짯) 두 병 시키고, 양고기 등(6,500짯) 두 개, 볶음밥(3,000짯) 등 두 개, 그리고 두부 튀긴 것(500짯)을 시킨다. 모두 25,000짯(약 20,000원)이다.

참 싸게도 잘 먹었다. 이 나라에선 고급 음식점인데…….

그 가운데 제일 맛있는 건 500짯(약 400원)짜리 두부 튀김이다.

왕궁 옆 길

2. 마누라 명령인디…….

"아마도 싼 게 체질인가 봐!"

사실은 공짜로 주는 게 더 맛있는데…….

왕궁 해자 옆 도로는 사랑하는 이들의 데이트 코스이다. 젊은 남녀들이 오토바이 타고 와서는 서로 껴안고, 뽀뽀도 하고 그러는 데다.

호텔에선 내일 일정을 논의하고 결정하고 잔다.

여기서 몇 마디 미얀마 말을 알아보자.

'밍글라바'가 '안녕하세요.'라는 말은 이미 앞에서 했다.

'나'는 '나', '너'는 '니', 이름은 '나메'이다.

'나 나메'는 '내 이름', '니 나메'는 '네 이름'이다. 참 응용력 좋다. 하나를 가르쳐주면 둘을 안다.

그리고 '니 꼴라'는 '안녕하슈'란다. '바이사레'는 '배고파!'이고.

3. 여자는 안 되어유.

2017년 11월 6일(월)

6시에 일어난다. 7시 아침 식사. 식사가 괜찮다.

8시 반 오늘 하루 투어를 위해 출발한다.

호텔에서 소개해 준 쉐이쉐이 씨가 밖에서 기다린다. 쉐이쉐이 씨는 오늘 만달레이 근교를 책임질 운전기사이다.

쉐이쉐이 씨는 시내의 마하무니 파야(Mahamuni Paya)부터 데려다 준다.

여기에서 파야(Paya)란 중앙에 큰 탑이 있고, 부속건물과 작은 탑들이 딸려 있는 큰 규모의 절(파고다)을 뜻한다.

마하무니 파야

마하무니 파야의 황금 불상

이때 중앙 탑의 형태는 탑 아래 기단부로 들어갈 수 있는가 없는가에 따라 파토와 제디로 나뉜다. 곧, 파토(Pahto)는 기단부에 회랑을 만들고 부처님을 모셔 놓아 순례자들이 참배를 할 수 있는 양식이고, 제디(Zedi)는 땅 위에서 바로 탑이 올라간 양식이다.

이 절은 화려하고 장중하다. 구경할 만하다. 물론 신발을 벗고 다녀야 한다.

이 절에는 3.8m 높이의 황금부처님이 앉아 계신다.

이 불상은 남자들이 금박지를 사서 붙여 놓은 덕에 약 15cm 두께의 순금으로 울퉁불퉁해진 상태이다.

사람도 마찬가지이다. 기름기만 먹으면 뱃살이 찐다.

이 불상은 보도파야(Bodawpaya) 왕이 크메르에서 뺏어 온 것이라 한다.

미얀마 만달레이

참고로 이 왕은 크메르 황동상 등 힌두교 유적 몇 가지 역시 빼앗아 왔다고 한다.

이러한 위대한 활동상이 이 절의 안뜰 미술관에 보관되어 있는 1950년에 그린 대형 그림에 자세히 표현되어 있다.

남의 것 뺏어 오는 것을 무어 그리 위대하다고 그림까지 그려 놓았누? 그렇지만 이것이 현실이다.

부처 만드는 사람

어찌되었든 마하무니 불상은 양곤의 쉐다곤 파고다, 짜익티요의 황금 바위와 함께 미얀마 불교의 3대 상징이라고 한다.

절을 나와 목공 현장을 방문한다.

조각가들이 열심히 나무로 부처를 만들고 있다.

그 다음 이제는 금속으로 부처를 만드는 현장을

부처 만드는 사람

3. 여자는 안 되어유.

인류 평화를 위해 종을 치는 모습

방문한다.

흙으로 모형을 뜬 다음 주물을 부어 부처를 만든다. 그 다음 그것을
갈아내고 금빛을 입힌다.

부처님은 주로 이들에 의해 만들어진다. 깨달아서 생기는 게 아니다.

참 좋은 거 깨달았다! ㅎ.

10시쯤 되어 180년의 역사를 가진 종을 보러 간다.

쉐이쉐이가 사진을 찍어 준다고 우리보고 종을 쳐보라 한다.

여기에서는 종을 아무나 치도록 내버려 둔다.

우리는 인류 평화를 염원하기 위해서 종을 쳐야 한다.

이런 건 호기심이 아니라 의무다. 그래서 거룩한 마음으로 종을 친다.
사진기를 바라보며.

미얀마 만달레이

사진기를 바라보는 이유는 독자들이 짐작하듯이, 증거는 반드시 남겨 놓아야 하는 것이기 때문이다.

그리곤 480년 되었다는 흰 탑을 보고 올라간다. 엄청 크다.

그러나 여자들은 오르지 못한다.

이곳은 신성한 곳이므로 남자들은 오를 수 있으나 여자들은 입장이 허용되지 않는다. '여자는 안 되어유(Ladies not allowed)'라는 표지가 여자들을 막는 것이다.

여자는 못 올라가!

왜 여자들은 신성한 지역에 들어가지 못하게 막는가?

아마도 월경을 하기 때문에 불결하다고 생각하는 옛사람들의 사고가 반영되었을 것이다.

남성 중심의 가부장적 사회에서 어쩌면 이것은 핑계에 불과할지도 모른다.

3. 여자는 안 되어유.

흰 탑을 지키는 사자

여하튼 여자는 안 된다.

모처럼 우월감을 맛본다.

한국의 기죽은 남편들은 부인을 모시고 이곳으로 오시라!

아무리 여성우월론자들이 입에 게거품을 물고 달려들어도 여기선 통하지 않는다.

"워메, 좋을시고!" 공처가들에겐 꿈의 고장이다.

이뿐만이 아니다. 반바지, 민소매 옷을 입고서는 절 안으로 들어가지 못한다. 물론 남자의 경우에도 해당되나 이런 건 대체로 여성들에게 해당되는 옷들이다.

만약 반바지를 입었다면 론지(일종의 미얀마 치마)를 빌려 아랫도리 허연 부분을 가려야 한다.

미얀마 만달레이

비단 짜는 소녀들

이제 아마라푸라로 가서 비단 짜는 것을 견학해야 한다.

아마라푸라는 팔리어로 '불멸의 도시'라는 뜻이라 한다.

이 도시는 1783-1821년과 1842-1859년 두 차례 콘바웅 왕조의 수도였지만 지금은 만달레이 시의 일부가 되었다.

비록 패키지여행은 아닐지라도 이런 건 봐 둬야 한다.

내가 비단을 짜는 것은 아니지만, 어찌 비단이 만들어지는가는 알아두어서 나쁠 건 없잖은가!

물론 현장 학습장 옆에는 상품을 파는 진열장이 당연히 있다. 많은 직물들이 비싼 값으로 놓여 있다. 시중보다 비싼 값으로!

초롱 씨와 이 선생, 그리고 주내는 열심히 물건을 고른다.

이제 이런 유혹에는 넘어가지 않아야 되는데……

3. 여자는 안 되어유.

4. 머리와 몸통은 어디 가고, 궁둥이만 남았는고?

2017년 11월 6일(월)

인와(Innwa)로 가는 길에 강 너머 사가잉(Sagaing) 언덕 위의 사원들이 멋지게 펼쳐져 있는 것이 보인다.

이라와디 강(Irrawaddy River)을 건너 일단 밍군(Mingun: 영어로는 민군이겠지만, 이곳 발음대로 밍군으로 표시)으로 간다.

이라와디 강은 영어식 표기이고, 현대의 미얀마 발음으로는 에야와디 강(Ayeyarwady River)이라 한다.

골목골목으로 강 따라 가는 길이다.

밍군에 도착하니 커다란 공 같은 유적이 남아 있다.

강 건너 사가잉 언덕

미얀마 밍군

사자 눈알

사자 궁둥이

알고 보니 유적으로 남아 있는 밍군대탑(Mingun Pahtodawgi)을 지키는 사자 두 마리의 궁둥이인 것이다. 머리와 몸통 부분은 다 무너져 내리고 궁둥이만 남아 있는 것이다.

머리와 몸통은 어디가고 궁둥이만 남았는고?

궁둥이 뒤의 꼬리 부분만 하더라도 한 아름이나 되니 이 사자상이 얼마나 큰지 짐작할 수 있을 것이다.

그 앞에 커다란 대리석 같은 돌덩어리가 하나 놓여 있는데, 그것이 사자의 눈알이란다.

눈알도 크기는 크다.

이 엄청나게 큰 사자는 뒤에 있는 밍군대탑을 보호하기 위해 강을 보

4. 머리와 몸통은 어디 가고, 궁둥이만 남았는고?

고 세워 놓은 것인데, 다 무너져 내리고 궁둥이 두 짝과 눈알 하나만 남은 것이다.

아무리 커도 자연의 힘 앞에서는 장사가 없다. 결국 폐허가 되어 유적으로 남으니…….

에야와디 강가로 가는 길가엔 장사들의 호객 소리가 드높다.

강에서 옆으로 가보니 조그만 사원이 있다.

이 절의 이름은 삿 야르 파고다(Sat Taw Yar Pagoda)이다.

삿 토 야르 사원을 지나쳐 한길로 나와 길거리에서 야자 열매 두 개를 잘라 그 물을 마시고 새우 튀긴 것, 멸치 튀긴 것을 하나씩 시켜 맛을 본다.

그리고는 유적으로 남아 있는 밍군대탑 위로 오른다.

이 탑을 세우고 미얀마 마지막 왕조인 콘바웅 왕조가 망했다 한다.

1792년 보도파야 왕(King Badawpaya)은 왕이 된 것을 자축하기 위해 세계에서 제일 큰 탑을 만들고자 결심하고는 20년에 걸쳐 탑을 쌓았다.

이 탑을 쌓는데 동원된 천 명이 넘는 노예와 전쟁 포로들이 결국 지치고 지치다 못해 이 나라와 국경을 맞대고 있던 인도의 아쌈 지방으로 도망쳐 버렸다.

이에 화가 난 임금님은 군대를 동원하여 국경을 넘어 이들을 잡으러 갔는데, 이를 핑계로 당시 인도를 지배하던 영국이 전쟁을 선포하고 미얀마로 쳐들어 왔다.

결국 미얀마는 버티지 못하고 영국의 식민지가 된 것이다.

한마디로 이 탑의 건설 때문에 미얀마가 망하게 된 셈이다.

미얀마 밍군

한편 이 탑과 관련된 전설 같지 않은 전설도 있다.

이 탑을 짓기 시작하자 백성들에게 많은 짐이 되어 불만이 터져 나오는 건 당연한 일!

이에 이 공사를 중지시키려고 어떤 예언자가 이 탑이 완성되면 왕이 죽고 이 왕국이 망할 것이라고 간언했다 한다.

미신을 잘 믿는 이 임금님은 오래 살고 싶어 꾀를 내어, 이 탑을 더 천천히 쌓으라고 명령했다. 이 탑을 완성하지 않으면 죽지 않으니까!

그러나 인명은 재천이라 죽을 때가 되면 죽는 법, 결국 탑이 완성되기도 전에 이 임금님은 죽고 왕국은 망하였다고 한다.

이 탑은 원래 200m의 기단부 위에 150m 높이로 지으려 했지만, 1819년 왕이 죽은 뒤 공사가 중단되어 결국 150m의 기단부와 72m의

밍군대탑

4. 머리와 몸통은 어디 가고, 궁둥이만 남았는고?

높이에서 멈춰 버리고, 그 후 세월의 흐름에 따라 여기 저기 무너지고 망가지고……

그래도 세계에서 가장 많은 벽돌로 쌓은 탑이라 한다.

사실 이 탑이 무너져 내린 것은 지반이 약한 모래 위에 지은 것이고, 1838년 지진 때문이라 한다.

야들이 사상누각(沙上樓閣)이라는 말을 알았다면 이런 미련한 짓은 안 했을 터인데……

그러니 이런 불상사를 방지하려면 중학교 때 사자성어(四字成語)를 배워야 한다.

아마 이 임금님은 중학교 때 공부를 제대로 안 한 거 같다.

이 큰 탑의 가운데에는 조그마한 감실이 있고-물론 그 안에는 부처님이 모셔져 있다-옆길 계단을 통해 위로 오르는 길이 있다.

저 위에 올라가면 전망이 좋을 것이라는 기대와 함께 맨발로 오르기 시작한다.

그러나 거의 2/3쯤 올라가니 자물쇠로 문을 잠거 놓았다. 아마 유적을 보호하기 위해 못 올라가게 하는 모양이다.

자슥들, 진즉에 못 오른다고 밑에 표시를 해 놓지 않구! 계단은 왜 만들어 놓았누?

가만히 생각해보니, 계단을 만든 건 관광객을 위한 게 아니라 유적을 보호하는 사람들이 유적 위로 오르기 위한 것이라는 생각이 든다.

사람들은 모든 사물이 자기 자신을 위해 존재하는 줄 안다. 착각이다!

밍군 유적 저쪽으로는 흰색의 종탑이 보인다.

가보니 먀 테인 탄 파고다(Mya Thein Tan Pagoda)라는 절이다.

미얀마 밍군

그쪽으로 가니 우선 예쁘게 지어 놓은 종각이 보인다.

종각 안에는 큰 종이 있는데, 세계에서 두 번째로 큰 종이라 한다. 이 종은 1808년 보도파야 왕이 만든 종인데, 높이는 3.3m이고, 무게는 90.52톤이며 아랫부분의 직경은 4.8m이다.

이 종에는 보도파야 왕을 상징하는 글자와 종의 무게가 적혀 있다.

참고로 첫 번째 큰 종은 러시아 크레믈린에 있는 '황제의 종'인데, 무게가 206톤이고 높이가 6.6m이다. 그렇지만 이 종은 한 부분이 깨져 있어 종을 칠 수가 없다(설령 칠 수 있다고 하더라도 못 치게 한다).

이런 점에서 칠 수 있는 종으로서는 이 종이 세계에서 제일 크다고 한다.

미얀마에선 누구나 종을 맘대로 칠 수 있으니, 여기 오시면 한 번 힘

밍군: 먀 테인 탄 파고다의 종각

4. 머리와 몸통은 어디 가고, 궁둥이만 남았는고?

껏 쳐 보시라! 인류 평화를 염원하면서.

그리고 시간이 있으신 분은 그 종 안으로 들어가 보시라.

조금만 관찰력이 있는 분은 그 종 안에 얼마나 많은 낙서가 쓰여 있는지를 알 수 있을 것이다. 하얀 싸인 펜을 들고 가 마음껏 낙서를 해도 되는 모양이다.

먀 테인 탄 파고다의 종

국보급의, 기네스북에도 올라 있다는, 세계 두 번째로 큰 종의 관리를 이렇게 하다니!

그 다음, 저쪽 편에 있는 먀 테인 탄 파고다(Mya Thein Tan Pagoda)의 종 모양 탑으로 올라간다.

이 탑 역시 무척 크다. 햇빛에 눈부시게 빛나는 흰색의 이 탑은 기단부가 200m 가까이 되는 듯하다.

미얀마 밍군

먀 테인 탄 제디

이 종 모양 탑은 1816년 바지도(Bagyido) 왕이 왕자 시절 애를 낳다 죽은 부인인 신뷰메(Hsinbyume) 왕비를 기리기 위해 지은 것이다. 그래서 이 절은 신뷰메 절(Hsinbyume Paya)이라고도 한다.

이 탑은 1838년 지진으로 심하게 파손되었으나 1874년 민돈(Mindon) 왕이 복구했다

이 탑은 불경에 나오는 천상의 세계를 나타낸 것이라 한다. 곧, 물결 치는 듯한 모습인 7층의 테라스는 아름다운 호수를 상징하고, 한 가운데 우뚝 솟은 종 모양 탑은 천상의 산 수미산을 상징한다고 한다.

이 탑의 특징인 7층의 테라스는 힌두교의 영향을 받아 건축된 것으로서 미얀마 어느 곳에서도 볼 수 없는 독특한 건축물이라 한다.

4. 머리와 몸통은 어디 가고, 궁둥이만 남았는고?

5. 물 건너갔다.

2017년 11월 6일(월)

밍군을 뒤로 하고 사가잉(Sagaing)으로 간다.

점심은 사가잉에서 먹기로 했다,

일단 사가잉 언덕 꼭대기의 절부터 들린다.

전망은 좋다.

오른쪽 왼쪽 강 쪽으로 수십 개의 불탑들이 숲 속에 들어차 있다. 경치가 끝내 준다.

이 절에는 일본인들이 와서 대동아전쟁 때 죽은 일본 군인들을 위해 세운 위령탑이 있다.

사가잉 언덕에서 본 전망

미얀마 사가잉 / 인와

벌써 1시 50분이다.

"바이사레"

배고프다는 미얀마 말이다.

쉐이쉐이는 이제 식당으로 갈 거라 한다.

사가잉 언덕에서 내려오는 길에 승가학교가 있어 잠시 차를 세운다.

문을 열어 주어 들어가 보니 꼬마 스님들로 가득하다. 꼬마 스님들은 역시 꼬마들이다. 고무줄을 가지고 놀고 있다.

저쪽엔 꼬마 스님들이 한 칠팔십 여 명이 모여서 무엇인가를 주시하고 있다.

큰 스님이 설법이라도 하는가?

가보니 만화 영화를 시청 중이신 거다.

만화영화 보는 꼬마 스님들

5. 물 건너갔다.

이라와디 강

그럼 그렇지, 요 꼬마 스님들이 큰 스님 설법을 그렇게 열심히 들을 리는 없을 것이다.

사진을 몇 장 찍은 후, 사가잉 힐 레스토랑에서 볶음밥을 먹는다. 3,000짯이다. 맥주 한 병도 3,000짯(약 2,400원)이고.

잘 먹는다

이제 이라와디 강을 건너 인와(Innwa: 아바 Ava)로 간다.

인와(아바)는 이라와디 강으로 흘러드는 도타와디(Doathawaddy) 강 너머에 있는 지역인데, 페리보트로 건너간다.

인와는 1364년 이후 네 번이나 미얀마의 수도가 되었다고 한다. 인와를 아바라 부른 것은 1841년 수도를 아마라푸라로 옮긴 다음 오랫동안 '아바' 왕국으로 불렸기 때문이라 한다.

미얀마 사가잉 / 인와

그렇지만 방문한 인와는 흙먼지 날리는 완전한 시골이다.

일인당 1,400짯(약 1,100원) 주고 페리보트를 타고 마이인지 강을 건너 후 마차를 타야 한다.

마차는 10,000짯(약 8,000원)인데 두 사람이 탈 수 있다.

여기에서는 적어도 네 군데를 둘러보아야 한다. 마하라웅미야 본산(Maharaungmyay Bonsan), 바 가 야르 수도원(Bar Ga Yar Monestry: Bagaya Kyaung), 난 민트 탑(Nan Myint Tower), 쉐지곤 파고다(Shwezigon Pagoda) 등.

마차를 타고 20분쯤 가서 처음 들린 곳이 바가야 짜웅(Bagaya Kyaung)이라는 목조로 된 사원이다. 수도원으로 쓰인다.

여기에서 한국에서 오신 스님들을 만났다.

인와(아바) 유적

5. 물 건너갔다.

인와(아바) 유적: 예다나시미 파야

이 건물 밖에는 야자수들이 높이 솟아 있다. 이를 배경으로 사진을 찍는다.

다음 장소는 예다나시미 파야(Yedanasimi Paya)라는 자그마한 유적지이다.

폐허 위에 기둥들만 남아 있고, 저쪽 편으로 부처님이 점잖게 앉아 세월을 지키고 있다.

또한 원뿔 모양의 불탑과 네모꼴의 불탑 등이 있고 나무 옆 그늘에선 역시 부처님이 점잖게 앉아 있다.

여기에서 나오는 입구엔 개가 한 마리 팔자 좋게 늘어져 있다.

여기서 나와 다시 마차를 타고 간 곳은 난 민트(Nan Myint) 탑이다.

27m의 이 탑은 인와의 사탑이라고 부르기도 한다. 1383년 지진으로

마하라웅미야 본산 유적

손상된 것을 수리한 것이다.

별로 아름다운 탑은 아니지만, 탑 위로 오르면 인와의 전경을 볼 수 있다는데, 지금은 입장이 금지되어 있다.

마지막으로 부지런히 들린 곳이 마하라웅미야 본산(Maharaungmyay Bonsan)이다.

이 절은 벽돌로 짓고 그 위에 치장벽토를 바른 왕실 사찰이다.

인와 유적지 중 가장 볼거리가 많은 절이다.

참고로 이 절과 바가야 짜웅과 만달레이의 궁전과 쉐난도 사원은 입장권 하나로 볼 수 있는 것들이다. 곧 입장권이 통합 입장권인 셈이다.

시간은 세 시가 훨씬 넘었는데, 다섯 시까지 돌아와야 우 베인(U Bein) 다리로 가 그 유명한 해넘이를 볼 수 있다.

마차에 흔들거리며, 흙먼지 마시며, 절 유적들을 둘러본다.

5. 물 건너갔다.

앞에서 달리는 마차가 흙먼지를 뿜어내는데 뒤따르는 마차에선 흙먼지를 피할 수가 없다.

그래서 깨달았다. 왜 1등이 좋은 것인가를!

물론 일장일단이 있고 모든 사물에 굿 앤 배드(good and bad)가 있는 법이지만, 흙먼지만큼은 앞장서는 것이 유리하다.

여하튼 유적들은 처음 보는 것이어서 볼 만하다.

마차를 차고 이곳저곳 둘러보고 강가로 오긴 했는데, 벌써 5시 15분이다.

조금이라도 빨리 갔으면 좋겠는데, 보트가 저쪽 강가에서 우릴 데리러 오질 않는다. 속절없이 기다리는 수밖에 없다.

무정하게 시간만 간다.

벌써 해는 넘어갔는디…….

우 베인 다리에 도착한 건 여섯 시가 넘어서였다.

우 베인 다리는 아마라푸라 지역에 있는 1,086개의 기둥 위에 티크나무로 만든 높이 3m, 폭 2m, 총 길이 1,209m의 긴 다리이다. 이 다리는 목조 다리로서 세계에서 제일 긴 다리라 한다.

이 다리는 지금부터 약 160여 년 전 따웅타만(Taung Thaman) 호수 건너편 아마라푸라(Amarapura) 지역으로 스님들이 탁발을 갈 수 있도록 당시 만달레이 시장인 우 베인 씨가 세운 다리라서 탁발교라고도 한다.

이 다리가 유명해진 것은 세계에서 제일 긴 목조 다리라는 점 말고도 해지는 모습이 장관이기 때문이다.

그렇지만 해넘이 풍경은 이미 물 건너갔다.

"물 건너갔다."는 표현은 아마 우리처럼 해가 넘어간 후에 강가에 도

우 베인 다리에서 본 일몰과 고목

착하여 일몰 광경을 못 본 사람들이 지어낸 말임이 틀림없을 것이다.

이 말의 유래를 이제야 알아냈다. 흐!

아직 컴컴해지진 않고 여명이 남아 있어 강 위의 우 베인 다리(U Bein Bridge)를 볼 수 있는 것만 해도 다행이다.

이제 캄캄해지는데, 아직도 사람들이 엄청 많다. 주로 나오는 사람들이지만.

일단 다리 위로 오른다.

강 저편으로 붉은 노을이 아직 남아 있다.

사진기를 대고 일몰의 흔적이라도 잡아넣으려 애쓴다.

다리 중간쯤 가서 강 너머 저쪽을 보니, 고목이 멋지게 강 가운데에 서 있다.

이 역시 사진기에 집어넣는다.

5. 물 건너갔다.

돌아오는 도중 오토바이 사고를 목격했다.

왜 차가 막히나 했더니 사고가 난 것이다.

워낙 오토바이가 많으니 사고가 안 날 수 없을 것이다.

오토바이가 자가용인 셈이니, 누구나 오토바이를 탄다.

그리고 오토바이를 타는 미얀마 사람들은 모두 강심장이다. 뒤에서 차가 와도 그 앞으로 가로질러 가기 예사고, 전혀 뒤를 돌아보지 않는다.

뒤통수에 눈이 달렸능가?

그건 아닐 테고, 서로서로 양보하는 미덕이 숨어 있기 때문이다. 자동차는 자동차대로, 오토바이는 오토바이대로 서로 조금씩 양보하며 달린다. 뒤에서 차가 오면 오토바이는 보지도 않은 채 갓길로 피한다. 차는 차대로 오토바이 옆을 아슬아슬하게 스쳐 간다. 보는 사람이 조마조마하지만 이들은 그것이 일상이다.

그러니 강심장이라기보다는 그러한 환경에 익숙해졌다고 보아야 할 것이다.

여기에 부처님의 가호가 그나마 사고를 줄이는 데 기여한 모양이다. 의외로 교통사고가 없는 것을 보니.

이번 사고는 자동차와 오토바이 둘 중 하나가 미숙하게 운전했기 때문일 것이다. 둘 중의 하나만 잘못해도 사고는 일어나는 법이니까.

여하튼 다치지 않았기를 빈다.

일곱 시 가까이 되어 한국 식당으로 간다.

된장찌개, 콩비지, 김치찌개, 돼지갈비 따위를 시켜 먹는다. 각각 3,000짯(약 2,400원) 정도 한다. 맥주는 2,500짯(약 2,000원)이다.

이제 호텔로 돌아간다.

6. 개 팔자가 상팔자

2017년 11월 7일(화)

9시에 쉐이쉐이가 기다리고 있다.

오늘 하루 만달레이 시내 투어를 하기로 약속했기 때문이다.

우선 쉐인비 수도원으로 간다.

수도원에는 부처를 모신 방과 수도승들이 명상을 하는 방 등이 있다. 방안은 컴컴하다.

명상을 하는 방에는 몇 사람이 방석 위에서 명상을 하고 있다.

조용 조용 가다가 방석을 깔고 슬쩍 앉아 명상 흉내만 낸다.

쉐이쉐이가 사진을 찍어 준다.

밖으로 나오면서 보니 개들이 널브러져 누워 있다. 사람이 다가가도

쉐인비 수도원: 명상

쉐인비 수도원: 명상(?)하는 개

꿈쩍도 안 한다.

여기에선 개 팔자가 상팔자이다.

사람이 죽어 환생하여 개로 태어난다고 믿고 있어 사람들은 개에게 친절하다. 먹을 것도 주고 개가 부처님 앞에서 기지개를 켜며 낮잠을 자도 깨우지 않는다.

아마 저 개들도 전생에 스님이었던 모양이다.

이 나라에선 스님이 최고다. 그렇지만 개도 스님 못지않다.

스님이 부처님 앞에서 하품하며 늘어지게 자는 것은 보질 못했지만, 개는 그것이 일상이다.

그러니 여기에서 보신탕 얘기를 하거나 개들을 보고 입맛을 다신다면 이는 굉장한 불경이다. 맞아 죽을지도 모른다.

다시 환생을 할 때에는 개로 태어나려면 미얀마에서 태어나고 소로

쉐인비 수도원

태어날 바엔 인도에서 태어나야 대우를 받는다.

수도원 밖으로 나와 맨발로 흙을 밟는다. 흙의 입자가 고와서 뽀송뽀송한 것이 매우 기분이 좋다.

그렇지만 항상 이렇게 좋은 것은 아니다.

왜냐면 대체로 볼 때, 절로 들어가는 길이나 낭하가 더럽기 때문이다. 어떤 곳은 물을 흘리거나 공양하는 밥풀을 흘려 그것을 밟고 가야 할 때에는 끈적끈적하기도 하고 때로는 발바닥이 젖어 기분이 별로이기 때문이다.

그렇지만 이곳 미얀마에선 절에 들어갈 때 반드시 신을 벗어야 한다. 양말도 물론 안 된다. 그야말로 맨발이어야 한다.

이곳의 문화이다. 이는 트럼프가 와도, 김정은이가 와도 예외는 아니다.

그런데 맨발로 걷기에는 너무 더럽다. 청소나 좀 잘 해 놓지!

6. 개 팔자가 상팔자

그렇지만 어찌하나? 더러워도 벗어야 한다. 그렇지 않으면 맞아 죽을 수도 있다.

이제 또 다른 수도원인 딩게사 수도원으로 간다. 약 180~200년 된 수도원이라 한다.

수도원 입구에는 누구나 마실 수 있도록 물 항아리가 있다. 물 인심은 좋은 곳이다.

잉도야 부다 사원으로 간다.

사원 이곳저곳을 훑어보는데, 초롱 씨가 엎드려 발마사지를 받는다. 발마사지가 아니라 '밟아 지압'을 받는 것이다.

열시 반 쯤 궁전으로 간다.

가는 길은 쩨초마켓이라는 밤 마켓이 서는 곳을 지나는데, 호텔에서

잉도야 부다 파고다

미얀마 만달레이

세 블록 거리이다.

왕궁은 성벽이 3km이고 높이가 8m이며, 해자의 폭이 70m이고 그 깊이가 3m라 한다.

이 궁전은 만달레이로 수도를 옮긴 후 처음 지은 건물로서 미얀마 마지막 왕조인 콘바웅 왕조의 왕궁이다.

이 왕궁은 1945년 영국과 일본의 전투로 성벽만 남고 모조리 불타 버린 것을 나중에 복원한 것이다.

궁전에서는 화려한 전각들이 모여 있는데, 화려하기가 참으로 대단하다.

저쪽에 망루가 있다. 감시탑으로 쓰였지만, 지금은 전망대로 쓰인다.

올라가 보니 전망이 볼 만하다.

성벽은 두께가 3m이고 이 궁전을 지은 왕은 부인이 49명이며, 아들

만달레이 궁전 입구

6. 개 팔자가 상팔자

만달레이 궁전의 전각들

52명, 딸 56명을 생산하였다고 한다. 백제 의자왕만은 못하지만, 역시 왕은 왕이다 싶다.

　감시탑으로 쓰인 망루를 오르면서 오르는 길과 꼭대기 바닥을 모두 유리로 만들면 어떨까라는 생각을 해 본다.

　그래야 사람들이 쫄 텐데……. 그리고 그렇게 되면 이 전망탑은 그야말로 기막힌 관광자원이 될 텐데…….

　지금이라도 만달레이 시장이나 아웅산 수지에게 유리로 바꾸라고 건의해볼까?

　전망대 위에 서니 궁전의 전각들이 내려다보인다. 저 뒤쪽으로는 만달레이 언덕이 보이고.

　여기에서 이곳 젊은 처자들하고 사진을 찍는다.

미얀마 만달레이

7 쎔, 쎔(Same, same).

2017년 11월 7일(화)

쉐이쉐이는 우리에게 다음은 어디 어디라고 이야기하는데, 도저히 못 알아듣겠다.

미얀마 인들의 영어 발음은 미국식 영어나 영국식 영어와는 또 다르다. 빠다(butter) 먹고 굴러가는 소리와는 전혀 음조가 다르다.

"oooo oooo"

"뭐라고?(What are you saying now?)"

"oooo oooo"

"다시 말 혀 봐(Say again)."

"oooo oooo"

"아이고 모르겠다. 오케이!"

그렇지만 우리가 알아듣지 못하는 것을 알기는 아는 모양이다.

그러자 하는 말이,

"쎔, 쎔(same, same)"이다.

그러면서 자기를 가리키고, 다시 우리를 가리킨다.

"네가 내 말 못 알아듣는 거나, 내가 네 말 못 알아듣는 거나 마찬가지 아니냐."라는 뜻이다.

그 뒤로부터 쉐이쉐이와 우리는 서로 무슨 말인지 잘 모를 때에는 그저 "쎔, 쎔"으로 통한다.

"쎔, 쎔" 하면 서로 웃으면서 못 들었다는 것을 알아차린다.

이후 이 말이 유행어가 되었다. 못 알아듣거나 이해가 안 될 때 그리고 어지간하면 그냥 "쎔, 쎔"하면 끝이다. 어떤 때는 그냥 "오케이"가 되기도 하고, 어떤 때는 '"모르겠다"는 뜻이 되기도 하고, 어떤 때는 "너나 나나 그게 그거다"가 되기도 한다.

만병통치약이 아니라 만사형통어이다.

그런데 이 쎔, 쎔이 가만히 생각해보니, 미얀마의 심오한 불교 철학을 내포한 말이다.

이 말은 우리들 사이에 "몰라"라는 말로 쓰이곤 했지만, 다른 한편으로는 평등을 강조한 말이기도 한 것이다.

"너나 나나 수준이 맞어!"라는 말도 되는 것이다.

영어를 잘 하나 못하나 그저 쎔, 쎔이니까.

영어뿐만 아니다. 모든 것이 쎔, 쎔인 것이다.

부처님이나 사람이나 개나 모두 쎔, 쎔이다.

맨발로 신성한 절 안에 들어가는 것이나 절 밖의 더러운 흙을 밟는 것이나 모두 쎔, 쎔이다. 더러운 것이나 깨끗한 것이나 모두 쎔, 쎔이다.

길고 짧은 것을 대보아야 무슨 소용 있누? 우주의 긴 영겁에 비하면 찰나의 삶인 것을.

불가에서 가르침의 정수는 분별심을 버리는 것이다. 이것을 한마디로 표현하는 말이 바로 '쎔, 쎔'인 것이다.

분별심은 욕심을 낳고, 욕심은 집착을 낳으며, 집착은 고통을 가져오나니, 고통을 버리려면 집착하는 마음을 버려야 하고, 집착을 없애려면 욕심을 버려야 하는데, 그 바탕에는 분별심이 자리하노라. 그러니 분별심을 버려라. 구분하지 말라!

이것이 부처님의 가르침 아닌가?

미얀마 만달레이

너와 나를 구분함으로써 내 거와 네 거가 구분되고, 소유의 개념이 생겨나면서 우월감과 오만이 자리 잡아, 가진 자가 갑질하는 세상이 되는 것이니, 갑질하는 세상이 결코 좋은 세상은 아닐 것이니라.

이런 심오한 철학이 내포된 말이다.

우리는 이러한 철학을 존중한다.

힘들어도 즐거워도, 알아듣건 못 알아듣건, 모든 사물을 보고 현상을 보며 그저 "쎔, 쎔"하면 웃어 버리고 만다.

부처님의 나라에 와서 우린 이미 부처가 된 것이다.

"너도 부처, 나도 부처, 쎔, 쎔!"

여하튼 "쎔, 쎔"하면서 쉐난도 짜웅(Shwe Nandaw Kyaung)에 도착한 것은 11시 35분 쯤이다.

쉐난도 짜웅

7. 쎔, 쎔(same, same)

쉐난도 짜웅

쉐난도 짜웅은 원래 금빛 찬란한 만달레이 왕궁의 일부로서 민돈 왕의 침실로 사용되던 것인데, 민돈 왕이 죽자 그 아들 티보가 아버지를 기념하고자 이곳으로 옮겨 1800년부터 수도원으로 사용하게 되었다 한다.

이 수도원에는 이마에 거대한 다이아몬드를 지닌, 비단을 걸치고 그 위에 옻칠을 한 불상이 안치되어 있었으나, 영국 지배하에 있던 1885년에 다이아몬드는 도난당하고 말았다 한다.

만달레이의 전통 건물들은 2차 세계대전 당시 대부분 파괴되었지만, 이 수도원만 피해를 입지 않았다 한다.

따라서 이 수도원은 당시 건축물로 유일하게 남아 있는 가치가 높은 건축물이다.

쉐난도란 말은 '황금 궁전'이라는 뜻이어서 황금색으로 빛날 줄 알았

아투마시 수도원

는데, 검은 색이다. 티크 나무로 만든 사원이라서 습기에 취약하기 때문에 타르를 발랐기 때문이다.

다만 사원 안의 천장은 도금이 되어 있어 그나마 황금 궁전이라는 말이 명색을 유지하고 있다.

문마다 스투코(치장벽토)로 꾸며져 있고, 문과 벽에는 훌륭한 솜씨로 돋을새김이 되어 있어 이를 감상해볼 만하다. 그 무늬가 화려하고도 정교하다.

한마디로 건물 자체가 하나의 조각품이다.

19세기 말에 티보 왕이 이 사원을 이리로 옮겨오는 바람에 왕궁은 모두 불타 버렸으나 이 절만은 건재할 수 있었다고 한다.

이 절에서 나와 이 절 뒤쪽으로 가면, 커다란 사원이 있다.

7. 쎔, 쎔(same, same)

이 절의 이름은 아투마시 사원(Atumashi Kyaung)인데, 미얀마 말로 '아투마시'는 '비교할 수 없는'이라는 뜻이란다. 흰색의 벽에 황금빛과 붉은 빛의 지붕으로 된 절로서 그 아름다움을 비교할 수 없다는 뜻에서 그렇게 이름 붙인 것이라 한다.

이 수도원은 티보 왕의 아버지인 민돈 왕이 1857년 지어 놓은 것으로서 당시에는 이 절이 동남아에서 가장 아름다운 건물로 소문났다 한다.

그러나 1890년에 불이 나 9m 높이의 불상과 보관했던 왕의 옻칠된 비단 옷이 함께 타 버렸다고 한다.

1996년에 이 절은 다시 재건되었지만, 1890년 화재에 볼 만한 것은 다 타 버려서 겉모양 외에는 별로 볼 것이 없다.

안에 들어가 보니 커다란 홀에 개들이 몇 마리 뒹굴고 있을 뿐 휑하다.

아투마시 수도원 내부

미얀마 만달레이

파리야티 사사나 주립대학 교정

이 사원의 맞은편에도 사원 비슷한 것이 있는 듯하여 가보니 파리야티 사사나 주립대학(State Pariyahti Sasana University)이다.

잠시 이 대학 안으로 들어가 구경을 한다.

정문 왼쪽 홀로 들어가면 식당이 있고, 정문 앞으로는 화단이 꾸며져 있는데 그 가운데에 부처님을 모셔 놓은 정자가 있다.

오른편으로는 아마도 기숙사인 것 같고, 왼편으로는 교실로 쓰이는 건물들이 있다.

7. 쎔, 쎔(same, same)

8. 만달레이 힐의 일몰

2017년 11월 7일(화)

이제 쿠토도 파고다(Kuthodaw Pagoda)로 간다.

1857년에 민돈 왕이 지은 이 절은 경전으로 유명하다.

곧, 만달레이 언덕 바로 아래, 만달레이 궁전 북동쪽에 있는 파고다로 불교 경전을 보관하고 있는 곳이다. 이른바 팔만대장경을 보관하고 있는 우리나라의 해인사 같은 곳이다.

우리나라 팔만대장경은 목판이지만, 이곳의 경전들은 돌 판 위에 새긴 것이다. 곧, 2,400여명의 스님들이 높이 1.5m, 폭 1.1m 크기의 729개 대형 대리석에 팔리어로 새긴 경전들이 사리탑 안에 비석처럼 세워져 있

쿠토도 파고다: 경전을 넣어 놓은 사리탑

미얀마 만달레이

쿠토도 사원의 사리탑들

다. 세상에서 제일 큰 책들인 셈이다.

이곳은 미얀마의 불교 언어인 '팔리 어'를 보존하면서 불경을 공부하는 일종의 학교로서도 기능하고 있다.

사리탑 안의 비석 같은 경전은 우리로서는 읽지도 못할 뿐 아니라, 이거나 저거나 비슷한 것이어서 별 흥미를 못 느낀다.

다만, 729개의 탑에 이런 책들을 보관하고 있다는 사실이 놀라울 따름이며, 우리 같은 범인의 눈에는 729개의 하얀 사리탑들이 질서정연하게 서 있는 모습이 볼 만할 뿐이다.

짜욱토지 사원(Kyauktawgyi Pagoda)은 만달레이 언덕으로 오르는 남쪽 입구에 있는데, 커다란 대리석 불상으로 유명하다.

이 불상은 높이 8m, 무게 25톤의 단일 대리석 조각으로 세계에서 제일 큰 불상이었다 한다.

이 대리석은 만달레이에서 약 30km 떨어진 사가잉(Sagaing)에서 가져온 것이라 한다.

이 대리석으로 불상을 조각한 다음, 뗏목으로 만달레이까지 운반한 후, 이곳까지 운하를 파서 1만 명의 병사들이 13일 동안 이곳까지 옮겼다고 한다.

그러나 양곤에 통옥으로 만든 15m의 높이에 600톤의 로카찬타 좌불이 생기면서 제일 큰 대리석 불상의 자리를 내주었다.

이제 해지는 모습을 보기 위해서 만달레이 언덕으로 간다.

만달레이 언덕은 만달레이 시 북동쪽에 있는 해발 236m의 자그마한 동산인데, 해넘이가 유명하다.

쉐얏또 사원

미얀마 만달레이

쉐얏또 사원

어제 우 베인 다리에서 일몰을 놓쳤으니, 오늘 만달레이 언덕에서는 반드시 일몰 광경을 사진에 넣으리라.

만달레이 언덕 위는 전부 쉐얏또 사원(Shweyattaw Pagoda)이 차지하고 있다.

2천 5백 년 전 부처님이 만달레이 언덕에 오르셔서 "2천 4백 년 후 이 언덕 아래에 큰 도시가 생길 것"이라는 예언을 남겼다고 한다.

이 전설을 듣고 자란 민돈(Mindon) 왕이 이곳으로 수도를 옮긴 후 부처님의 뜻을 기리기 위해 세운 사원이 바로 쉐얏또 사원이라 한다.

이 절에 오르려면, 커다란 사자상 두 마리가 문을 지키고 있는 남쪽 정문에서 954계단을 다리 아프게 걸어 올라가야 한다.

계단을 오르는 길에 부처 앞에 무릎을 꿇고 두 가슴을 바치는 여인상이 있다는데, 여기에는 다음과 같은 전설이 전한다.

전설에 의하면 산다 모크 킷트(Sanda Moke Khit)는 여인이 부처님의 가르침에 감명을 받아 남은 일생을 부처님께 바치기로 결심하였고, 그 마음을 표현하고자 그녀는 자신의 가슴을 도려내었다고 한다.

이에 부처님은 미소를 띠며 그녀를 받아들이면서 그 여인의 형제자매들에게 산다 모크 킷트는 만달레이의 왕으로 부활하여 앞으로 많은 공적을 남길 것이라고 예언하셨다 한다.

전설에 따르면 그 왕이 바로 민돈(Mindon) 왕이라 한다. 그러니 민돈 왕의 전신(前身)이 산다 모크 킷트라는 여인인 셈이다.

그러나 이 조각은 보지 못했다.

쉐얏또 사원

미얀마 만달레이

왜냐구?

우리는 쉐이쉐이가 내려 준 곳에서 엘리베이터를 타고 산 위로 편하게 올라갔기 때문이지.

물론 엘리베이터를 타고 올라가면, 돈을 받는다.

얼마더라?

사람이 편하면 편한 만큼 그 대가를 치른다.

엘리베이터 타는데 돈 들어갔지, 부처님께 가슴을 바치는 여인상도 못 보았지. 만약 고생하며 걸어갔으면, 돈도 절약되고, 볼 것을 놓치지도 않았을 텐데……

그러니 부처님께 가슴을 바치는 여인상을 보려면 걸어서 올라가시라!

산꼭대기의 절은 그렇게 크지는 않으나, 돈 많은 절답게 번쩍번쩍한다. 금빛과 함께 유리거울을 기둥에 붙여 놓아 화려하게 번쩍거리는 것이

만달레이 언덕에서 보는 해넘이 광경

8. 만달레이 힐의 일몰

만달레이 언덕에서 보는 해넘이 광경

다.

절 안을 둘러보고 만달레이 시가지를 전망하고 해지는 쪽으로 가서 해지기를 기다린다.

지는 해도 햇살은 따갑다.

드디어 해가 진다.

수많은 사람들이 난간에 달러 붙어 사진기로 지는 해를 겨냥한다.

별로 크게 감명 깊은 해넘이는 아니지만, 사진은 찍어야 한다.

해넘이 사진을 찍은 후, 서둘러 엘리베이터로 내려와 쉐이쉐이가 모는 차를 타고 어제 저녁을 먹었던 밍글라바로 간다.

저녁은 볶음밥과 두부튀김 그리고 주스 등을 시켜 먹는다.

그리고 호텔로 돌아온다.

9. 이래서 여자하고 시장 오는 게 아닌데…….

2017년 11월 8일(수)

실컷 잔다.

8시에 식사를 한다. 이 호텔의 아침은 비교적 괜찮다.

바간 숙소를 예약한다. 낭우의 로얄 다이아몬드 호텔이다. 하루 40달러인데, 욕조를 갖추고 있다 하여 그냥 예약한 것이다.

우리야 샤워기만 있으면 되지만, 초롱 씨가 욕조를 좋아하기 때문에 조금 비싸더라도 그냥 예약한 것이다.

예약하고 나니 벌써 10시이다.

만달레이: 환전소

만달레이: 시장 가는 길에 만난 사원

11시에 나와 시장으로 간다.

일단 환전소에서 달러를 현지 돈 짯(Kyat)으로 바꾼다.

환전소 대각선 맞은편으로 불가에서 볼 수 없는 탑이 두 개 나란히 서 있다. 아마도 힌두교 사원인가?

사진기에 집어넣고 시장으로 향하는데, 왜 이리 길이 복잡한지 모르겠다. 사람은 사람대로 복잡하고 차와 오토바이는 차와 오토바이대로 복잡하다.

환율을 보니 1달러가 미얀마 돈으로 1,360짯 정도이고 한국 돈은 1,090원 정도이니, 미얀마 1,000짯이면 우리 돈으로는 800원 정도이다.

그렇지만 복잡하게 생각할 거 없이 그냥 '짯'='원'이라고 생각하고 쓴다.

미얀마 만달레이

Currency	Notes	We Buy	We Sell
US$	100	1,356.00	1,359.00
US$	50	1,351.00	1,359.00
US$	20/10/5	1,341.00	1,359.00
US$	2/1	1,256.00	1,309.00

환율

여기에서 환전할 때에는 돈의 단위에 따라 다르다.

예컨대, 100달러짜리와 50달러짜리는 더 쳐주고, 20달러, 10달러, 5달러, 2달러, 1달러짜리는 단위가 내려갈수록 덜 쳐준다. 곧, 100달러는 1,356원, 50달러짜리는 1,351원, 20달러, 10달러, 5달러짜리는 1341원을 쳐주지만, 2달러, 1달러짜리는 1256원밖에 안 쳐준다.

이처럼 차이가 크니 큰돈을 선호하는 것이 당연하다.

시장가는 길 어느 골목 안의 교회당? 모스크?

9. 이래서 여자하고 시장 오는 게 아닌데…….

큰돈이 다루기도 쉽고 위폐 감별도 쉬운 까닭이리라.

그러니 동남아로 여행할 때에는 빳빳한 100달러짜리를 들고 가는 게 훨씬 유리하다.

옛날에는 팁을 주던가 하는 경우 쓸 수 있는 1달러짜리, 싼 물건을 살 때 쓸 수 있는 10달러, 5달러짜리 등 잔돈이 필요하여 바꾸려 해도 은행에서 고액권만 주었는데, 세상이 바뀌어도 한참 바뀐 셈이다.

우리나라 돈도 마찬가지이다. 이곳에선 모르겠으나, 태국이나 라오스에서 보니 이제는 우리나라 돈도 그대로 현지 돈으로 바꾸어 준다.

이 경우에도 1,000원짜리보다는 5만 원짜리로 들고 가는 게 부피도 적게 들고 환율 우대도 받는다. 그리고 가능한 한 깨끗한 새 돈으로 가지고 가는 게 좋다. 조금만 접혔거나 뭐가 묻은 경우 안 받는 경우도 많기 때문이다.

밖으로 나와 시장 쪽을 향한다.

과일 가게에서 노란 과일을 하나 사서 맛본다. 과일을 까면 여러 쪽의 노오란 쪽들이 나오는데, 이것을 비닐봉지에 넣어서 판다.

시장에 들어서기 전에 산 과일

미얀마 만달레이

값은 결코 싸지는 않다. 물론 미얀마 화폐 가치로 볼 때.

과일은 맛있는데 이름은 모른다. 혹 이 과일의 이름을 아시는 분은 알려주시기 바란다.

신발 가게에 들려 슬리퍼를 하나 산다. 8,800짯, 우리 돈으로는 7,000원 정도이다.

옷 가게에 들려 론지(미얀마 전통 의상. 발목까지 오는 긴 천을 허리에 여며 입는다)를 4,000짯(약 3,200원) 주고 산다.

이제 미얀마에서 적응할 준비가 된 것이다.

초롱 씨와 주내는 여자 옷 고르느라 시간 가는 줄 모른다. 벌써 1시 10분이 지난다.

복작복작한 곳에서 기다리는 게 힘들다. 감시탑 오르는 것보다 힘들다.

배는 고프고, 이래서 여자하고 시장 오는 게 아닌데…….

그렇지만, 알면서도 실천 못하는 게 어디 한두 가진가 뭐. 그냥 그렇게 생각하고 자위한다.

시장을 나와 집으로 향한다.

9. 이래서 여자하고 시장 오는 게 아닌데…….

10. 뒤통수에 눈이 달린 것두 아닌데…….

2017년 11월 9일(목)

6시 30분 식사를 한다.

오늘 뽀빠(Popa) 산을 거쳐 바간으로 가야 하기 때문이다.

밖에 나와 보니 쉐이쉐이가 차를 가지고 기다리고 있다.

쉐이쉐이에게는 만달레이에서 바간까지 가는 도중 뽀빠 산에 들려 바간의 호텔까지 15만 쨋(약 12만 원)을 주기로 했다.

7시 5분, 동자승들이 탁발을 나왔는데 일렬로 죽 서서 한 사람씩 공양을 받는다.

사하라 호텔 앞의 탁발 행렬

미얀마 만달레이

우리나라에서는 보통 스님들이 이렇게 단체로 탁발을 하는 경우는 보지 못했다. 옛날 어렸을 때 한 분의 스님이 탁발을 하는 경우를 가끔 보았으나, 지금은 이런 것도 다 없어진 듯하다.

허긴 경제가 발전한 요즈음에는 시주를 받아 부자 절이 되었으니 탁발이 무슨 필요가 있겠는가!

스님은 그냥 거드름을 피우고 부처님 앞에 앉아 있기만 해도 가져다 주는데 뭘…….

옛날처럼 돌아다니면서 발품도 팔고, 민정도 살펴 주고, 덤으로 시주도 받고, 그래야 몸도 마음도 튼튼해지고 깨달음도 얻고 그럴 텐데, 요즈음은 몸도 마음도 비대해지고, 더불어 욕심도 건방도 비대해진 듯하다.

경제발전이 깨달음의 기회를 앗아간 건 아닌지 모르겠다.

부처님도 아실랑가?

호텔에서는 쌀을 한 바가지 들고 나와 조금씩 노나 담아 준다. 노늠의 미덕이 발휘된다. 여기서 함께 살아간다는 공생(共生)의 미덕이 싹트는 것이다.

호텔비, 하루 18달러씩 나흘치 72달러를 지급한다. 참 싸다. 고마운 호텔이다.

8시, 바간으로 출발한다.

거리에는 벌써 오토바이 천국이다.

오토바이도 백미러가 있는 것도 있지만 없는 것도 많다.

그렇지만 어찌 알았는지 뒤에서 차가 오면 용케도 옆으로 잘도 피해 준다.

참 대단하다. 뒤통수에 눈이 달린 것두 아닌데…….

10. 뒤통수에 눈이 달린 것두 아닌데…….

한편 이곳에서도 휴대전화의 위력은 대단하다.

가격은 한국과 비슷한데, 사람마다 안 가지고 있는 사람이 없다. 못 살아도 한 대씩은 다 가지고 있다. 어른들은 물론이고 중고생들까지도 한 대씩 다 가지고 있다.

이들의 소득 수준을 생각하면 엄청 비싼 것인데도 불구하고, 모두 한 대씩 가지고 있어야 되는 까닭은 무엇일까?

아마도 장사꾼들의 세뇌 전략이 잘 먹히기 때문일 것이다. 장사꾼의 입장에서는 장사를 잘하는 것이고, 소비자의 입장에서 보면 어리석은 사람들이 많아서 그런 것일 게다.

어찌되었든 휴대전화야말로 기존 경제의 개념을 뛰어넘는 위대한 발명품이다.

또한 그것이 얼마나 필요한 것인지 모르겠으나, 오토바이 타고 가면서도 전화를 하고 받는 신공(神功)을 보여준다.

참 대단하다.

고속도로도 그저 그런대로 괜찮은데, 어디부터 어디까지가 고속도로인지 잘 모르겠다.

지방도로도 그런대로 듣던 것과는 달리 괜찮다. 지방도로 양 옆으로 아름드리나무들이 서 있어 마치 나무 터널 속으로 달리는 것 같다. 도로면은 좀 패이고 거칠긴 해도, 그리고 때로는 흙먼지 길이 기다리고 있기는 해도, 나무 그늘 밑으로 달리니 그렇게 덥지는 않다.

이 나라는 지방자치단체가 도로를 관리하는 모양이다. 다른 도시로 넘어가면 꼭 통행세를 받는다.

관리가 나와 받는 것도 아니고, 톨게이트가 있는 것도 아니다. 그저

미얀마 만달레이

막대기 하나 걸쳐 놓고 통행세를 받는다.

영수증을 주는 경우도 있고 주지 않는 경우도 많다.

통행세 받는 친구는 그냥 미얀마 보통 사람이다. 허름한 옷차림에 손을 내밀면 기사는 그냥 돈을 준다. 그리고 통과한다.

저리 해도 부정부패가 없는 걸까? 제대로 지방정부에 저 돈이 들어가나? 연구해볼 주제이다.

9시 35분, 정부가 운영하는 거북이 연구소를 관람한다.

두 여인네가 나와 우리마다 하나하나 상세히 설명한다. 그 덕분에 거북이들에게 팁으로 2,000짯(약 1,600원)을 준다.

다시 나와 달려간다.

가는 길에 민천 시를 지나는데 이곳은 좀 사는 도시인 듯하다. 가로수

거북이

10. 뒤통수에 눈이 달린 것두 아닌데…….

또띠아

도 좋고 집도 좋다. 10시 30분이다.

민천 시에서 쉐이쉐이가 아침을 먹어야 한다면서 우리에게는 차를 마시라며 길거리 가게로 들어선다.

250짯(약 200원)짜리 넨비아(쌀가루로 피자처럼 구운 것) 큰 거 하나와 또띠아 기름 없이 구운 것 하나와 티와 커피를 시킨다. 모두 3,000짯(약 2,500원)으로 다섯 명이 배를 채운다.

넨비아와 또띠아는 삶은 콩에 싸 먹는데 아주 맛있다.

쉐이쉐이 덕분에 미얀마 서민들의 현지식을 처음 맛보는 셈이다.

아침으로 또띠아 하나만 먹어도 괜찮을 듯하다. 특히 기름 없이 화덕에 구운 것이 정말 마음에 든다. 돈도 얼마 안 들고, 담백하고 구수한 게 참 맛있다.

미얀마 만달레이

그렇지만 그 이후로 이런 걸 먹어보지 못했다.

아침에만 길거리 음식점에서 파는 것이기에 점심이나 저녁에는 주문을 해도 먹을 수가 없기 때문이다.

한편 시장에 들려 간식으로 땅콩을 사서 먹는다.

고소하긴 한데, 땅콩이 정말 작다. 우리가 작은 것을 비유할 때 땅콩을 예로 들지만, 요렇게 작을지는 몰랐다.

여기 땅콩을 어린이에 비유한다면 우리나라 땅콩은 어른이다. 조금 과장하여 이곳 땅콩이 우리나라 땅콩만 하다면, 우리나라 땅콩은 수박만하다고 해야 할까?

여기 사람들을 닮아서인가? 여긴 사람도 작다.

11시에 출발하여 다시 뽀빠 산을 향해 달린다.

외우기는 좋다. 뽀빠이 산으로 생각하면 되기에.

길을 가다 보면 혹 달린 흰 소들이 자주 보인다. 우리나라 소와는 전혀 다른 소들이다.

저들은 왜 등에 혹을 달고 있누?

누구 아는 사람?

10. 뒤통수에 눈이 달린 것두 아닌데…….

11. 그네 타다 떨어져 죽은 귀신

2017년 11월 9일(목)

12시 반쯤 뽀빠 산에 도착한다.

뽀빠 산은 미얀마 3대 불교 성지 중의 하나란다. 또한 낫(Nat) 신앙이 살아 숨 쉬는 곳이다. 한마디로 이곳은 낫 신앙의 본거지이다.

아마도 우리나라 신도안처럼 영험한 땅인 모양이다.

낫 신앙은 미얀마의 민간신앙으로서 정령을 섬기는 건데, 36개의 낫이 있고, 이를 총관하는 대장 낫까지 합하여 총 37개의 낫으로 정리할 수 있다고 한다.

이때 섬기는 정령은 자연 현상과 관련된 낫과 슬프거나 억울한 사연

뽀빠산

미얀마 뽀빠 산

이 있는 사람이 죽어서 된 낫이 있다.

예컨대, 자연 현상과 관련된 낫으로는 바람의 낫, 추수의 낫 등이 있고, 사람과 관련된 낫으로는 술에 취해 객사한 낫, 호랑이에게 물려 죽은 낫 등이 있다.

예컨대, 민 쪼즈와(Min Kyawzwa)는 술병을 주렁주렁 들고 있는 낫이고, 호랑이에게 물려 죽은 마웅 포 투(Maung Po Tu)는 호랑이를 올라타고 있는 낫이다.

이 이외에도 왕의 손자로 태어났으나 그네 타다 떨어져 죽은 민타 마웅신(Mintha Maungshin) 낫, 애 낳다 죽은 먀욱펫 신마(Myaukhpet Shinma) 낫 등 총 37의 낫이 있다.

이러한 낫들은 잘 모시고 그 원혼을 달래주어야 이들로부터 보호를

뽀빠산의 낫들

11. 그네 타다 떨어져 죽은 귀신

뽀빠산의 낫

받는다는 것이 낫 신앙의 요체이다.

예컨대, 농사가 잘 안 되면, 바람의 낫이나 추수의 낫을 제대로 섬기지 못한 탓이고, 술 먹고 넘어져 다치면 민 쪼즈와 낫을 제대로 모시지 못한 탓으로 여긴다.

그래서 마을마다 이들을 모시는 신당을 짓고 이들을 모신다.

하나의 신당에 하나의 낫을 모시기도 하고 여러 낫을 함께 모시기도 한다.

이러한 토속 신앙은 미얀마의 불교와 결합하여 절에서 부처님 이외에도 이런 낫들을 섬기는 신당들이 있다.

마치 우리나라의 절이 우리 토속 신앙을 받아들여 삼신각, 산신각, 칠성각 등이 있는 거와 같다.

미얀마 뽀빠 산

뽀빠산

원래 뽀빠산은 1,518m의 화산이지만, 낫(Nat) 신앙의 본거지인 이곳은 정상을 마주보고 있는 해발 737m의 바위산이다.

다시 말해서 사람들은 그냥 이 바위산을 뽀빠산이라고 부르지만 진짜 뽀빠산은 아닌 셈이다.

진짜 뽀빠산은 그 이름을 이 바위산에 빼앗긴 채 묵묵히 이 산을 내려다보고 있다.

'뽀빠'란 산스크리트어로 '꽃'을 의미한다는데, 산봉우리가 꽃처럼 생겼다고 하여 붙여진 이름이라 한다.

이 바위산이 유명한 건 산 꼭대기에 사원이 있어서이다.

실제로 이 산을 밑에서 보면 산 위의 절이 꽃송이로 보이기도 하니 뽀빠산이라는 이름이 붙는다 해도 이상할 건 없다.

여기에서 저 산꼭대기로 오르려면 일단 오토바이를 타야 한다. 일인당

11. 그네 타다 떨어져 죽은 귀신

500짯인데, 외국인은 두 배, 곧, 1,000짯을 받는다. 왕복을 해야 하니 2,000짯이 드는 셈이다.

2,000짯이라고 해 봐야 우리 돈 1,600원 남짓한 돈이니 우리에게 그렇게 큰돈은 아니다.

시원하게 바람을 가르며 오토바이로 산 밑에까지 간다.

여기서부터는 신발을 벗고 계단을 올라 꼭대기까지 가야 한다.

계단은 모두 777 계단이라는데, 세 보지는 못했다.

계단을 걸어 올라가는데, 여기저기에서 원숭이들이 관광객들을 쳐다보고 있다.

관광객 중에는 원숭이에게 주는 종이에 싼 과자를 사서 던져 주면 냉큼 받아 종이는 까 버리고 과자만 먹는다.

뽀빠산 오르는 길목을 지키며 틈을 엿보는 원숭이

미얀마 뽀빠 산

뽀빠산 오르는 길목을 지키며 틈을 엿보는 원숭이

원숭이 한 마리가 어느 틈에 이 선생의 선글라스를 낚아채 지붕위로 달아난다.

옆에 있던 미얀마 청년이 원숭이를 불러 보나 그냥 바위산으로 기어 올라간다.

이 사람은 원숭이에게 과자 하나를 보여 주며 원숭이를 유혹한 뒤 안경을 찾아왔다.

이 선생은 이 젊은이에게 2,000짯을 답례로 건네준다.

혹시 저 원숭이 교육시킨 거 아녀?

원숭이가 상처 안 나게 안경만 싸악 벗겨 가는 숙달된 솜씨를 보인 것은 부단한 훈련의 결과 아닐까?

그럴 가능성이 높다. 모자나 안경을 채가면 주인은 그것을 찾아 주고

11. 그네 타다 떨어져 죽은 귀신

고마움의 답례로 돈을 받는 것은 다 사전에 각본에 있는 것 같다.

나는 모자의 끈을 턱밑에 조이고, 주내는 선글라스를 벗어 가방에 넣는다.

여하튼 이곳에선 원숭이를 조심하여야 한다. '자나 깨나 불조심'이 아니라, '눈뜨고도 원숭이 조심'을 해야 하는 곳이다.

길고 긴 계단을 오르고 또 오른다.

거의 2/3쯤 이르면 바위틈에 샘이 있고, 저쪽 편에는 불당이 있다.

우린 드디어 "오르고 또 오르면 못 오를 리 없다."는 양사언의 말이 틀리지 않았다는 것을 여기 뽀빠산에서도 증명하는 데 성공한다.

꼭대기에 오르니 바람이 시원하다.

절 위에서 동서남북으로 휘 돌아본다.

뽀빠산 오르는 777 계단

미얀마 뽀빠 산

뽀빠산 꼭대기 절의 사리탑

11. 그네 타다 떨어져 죽은 귀신

높은 만큼 전망도 좋다. 저 멀리에 아까 보았던 낮의 사당들이 보이고, 숲 속에 있는 절집의 누런 종 모양 탑들도 눈에 들어온다.

어찌 이런 산꼭대기에 절을 세워 놓았을까?

여하튼 사람이란 참 재미있는 동물이다.

이런 산꼭대기에 절을 세우겠다는 희한한 생각과 함께 그것을 실천하는 그 의지가 가상하다.

한쪽 난간에 모여 있는 젊은 처녀들을 보고, 주내가 같이 사진을 찍는다. 나도 덩달아 함께 찍자고 하니 순순히 응낙한다.

덕분에 나도 사진 하나 찍었다.

뽀빠산에서 내려와 예약한 호텔로 가는 도중에 쉐이쉐이는 어릴 때 여자 친구가 경영하는 호텔이라면서 그린랜드 호텔을 소개해준다.

그렇지만 우리는 예약해 놓은 호텔이 있어 일단 그리로 간다. 로얄000호텔이다.

호텔에 들어가 보니 예약했던 것과는 달리 욕조가 없다.

초롱 씨는 어차피 욕조가 없는데, 비싸게 주고 잘 필요는 없다며 그린랜드 호텔로 가자고 한다.

원래 예약했던 호텔을 취소하고 그린랜드 호텔로 가 여장을 푼다.

그러나 이 호텔도 오늘, 내일 이틀밖에 못 있는다. 주말엔 예약이 꽉 찼다는 거다.

이 선생과 나는 부지런히 주말에 있을 방을 다시 예약해 놓는다. 비싸긴 하지만, 바간 시내에 있는 밍글라 호텔이다.

12. 바간의 해돋이

2017년 11월 10일(금)

아침 새벽 5시, 바간의 사원 유적지에서 해돋이를 보러 가야 한다.

밖으로 나오니 쉐이쉐이가 기다리고 있다.

어디서 잤느냐고 물으니 가지고 온 차에서 잤다고 한다.

한편으로 참 딱하기도 하지만, 다른 한편으로는 참 기특하기도 하다. 돈 벌려고 저런 고생을 다 하다니.

가족들은 이런 가장의 고단함을 알랑가 몰라.

이 호텔 여주인이 어렸을 적의 친구라는데, 나 같으면 방을 하나 내주었을 텐데……. 더욱이 손님까지 모시고 왔으니 그만한 대우는 해줘도 될 듯하다.

친구라는 게 친구의 고달픔을 보고도 모른 체 해야 하는가?

우리가 값을 내주고 재워 줄 수는 없고, 괜히 이 호텔 주인의 인격이 의심스러워진다.

그러나 이것도 오해다.

호텔 여주인 입장에서 보면, 이것도 비즈니스라고, 예약이 꽉 차 있으면 어쩔 수 없는 일 아닌가!

그래도 그렇지, 어찌 차 속에서 자도록 내버려 둔다는 말인가?

올 때마다 공짜로 재워 주면, 서로 부담을 가질 것 아닌가? 차라리 확실하게 안 재워 주는 것으로 결정하는 것이 서로 낫지 않을까?

심리적으로 의타심이 생기게 하는 것도 별로이고, 더욱이 매번 신세졌다는 생각으로 괜히 쉐이쉐이의 자존심을 깎아 내리는 것보다는 아무리

새벽 탑 위에서본 또 다른 사원

친구라도 확실히 선을 긋는 게 현명한 것 아닐까? 주인 입장으로선 매번 신경 쓰는 것도 보통 일은 아니지 않은가?,

신세를 갚을 자신이 있는 사람만이 신세를 질 수 있는 특권을 가진다는 점에서 볼 때 쉐이쉐이는 그런 자신이 없는 보통 사람일지도 모른다.

아니면 아마도 이 호텔 주인은 기대를 하지 않으면 섭섭함이 안 생긴다는 진리를 터득하고 있는 것인가?

기대가 없으면 섭섭함이 없다? 그래도 친구인데…….

사람 사는 방법이 특히 대인관계란 제 3자가 이래라저래라 할 수 없는 것이다. 겉으로 보기에는 어떨지 몰라도 당자들 사이에 서로 편한 방식이라면 그저 오케이인 것이다.

3자의 눈으로 이러쿵저러쿵 하는 것은 결코 예의가 아니다.

미얀마 바간

차를 타고 바간의 사원 유적으로 간다.

날은 아직 어둑어둑하다.

쉐산도 파고다(Shwesandaw Pagoda)에 이르니 벌써 사람들이 탑 위에 올라가 있는 것이 보인다.

이곳 말로 '쉐'는 '금'을 뜻한다고 한다. 예컨대, '쉐산도'의 '쉐'나 우리 운전기사인 쉐이쉐이의 '쉐'나 다 '금'을 뜻한다.

금 싫어하는 사람은 없겠으나, 여기 사람들 '금' 되게 좋아한다. '쉐'자 붙은 절들이 많은 걸 보니.

실제로 '쉐'자 붙은 절들은 모두 황금으로 덮여 있다. 어쩌면 황금으로 덮여 있어야 '쉐'자를 붙일 수 있을지도 모른다.

쉐산도 역시 '황금 부처님의 머리카락'이라는 뜻이다. 말 그대로 1057

탑 위에 앉아서 해돋이 감상

12. 바간의 해돋이

바간의 해돋이

년 바간 왕조의 아노라타 왕이 타톤국 정벌 기념으로 낭우 지역의 쉐지곤 파고다와 함께 건설하였다는데, 이 절의 불탑에는 부처님의 머리카락을 모셔 놓았다고 한다.

이 탑은 올라가는 게 허용되어 있는 바간의 몇 안 되는 탑 중의 하나 이다.

탑 앞에는 바간 유적지 입장료를 받는 사람이 앉아 표를 검사하고 있다.

이곳에 들어오려면 일인당 25,000짯(약 20,000원)을 내고 표를 사야 한다. 일주일 유효라던가?

이 표는 바간에 들어갈 때 사도 되고, 이런 유적지에서 사도 된다.

표를 산 후, 탑 위로 오른다. 오르는 길은 가파르긴 하지만 아주 높이 높이 오르는 것은 아니기에 그렇게 무섭지는 않다.

미얀마 바간

탑 위에는 벌써 사람들이 좋은 위치를 잡고 앉아 있다. 아니 아마도 좋은 위치라고 생각한 곳에 터를 잡고 앉아 있는 것이다.

사진기를 고정시켜 놓고 기다리는 젊은이에게 해가 어느 쪽에서 뜨는가를 물으니 손가락으로 한쪽을 가리킨다.

주내와 이 선생 부부는 한쪽에 자리 잡고 앉아 있고, 나는 이곳저곳으로 왔다 갔다 하며 해 뜨는 방향을 향하여 어찌 사진을 찍어야 좋을지 위치를 가늠한다.

그러다 보니 사람들이 많이 앉아 있는 층보다 한 층 더 올라가기도 하고 탑의 뒤편으로 가보기도 하고, 희부연해 지면서 자태를 드러내는 사원들을 카메라에 담기도 한다.

동이 터 오르자 하늘은 붉어지는데, 눈앞의 사원들은 실루엣으로 그림

바간의 해돋이

12. 바간의 해돋이

바간의 해돋이

자만 비취니 그것도 장관이다.

해 돋는 곳의 왼쪽에서는 풍선(風船: 볼룬 balloon)들이 하나 둘씩 떠오르기 시작한다. 수많은 풍선들이 하늘을 덮으며 오른쪽으로 이동하는데, 이 또한 장관이다.

저 풍선을 한 번 타 봐야 하는데……. 한 번 타는데, 일인당 40만 원 정도 든다고 하니, 이번에도 감히 엄두를 못 낸다.

허긴 터키의 괴뢰메에서도 30만 원이라 하여 엄두를 못 냈는데…….

한편 해 돋는 반대편에서는 점점 숲 밖으로 자태를 드러내는 사원들이 펼쳐진다. '

이것도 또한 장관이다.

미얀마 바간

13. 우산의 뜻에 따라 왕이 된다고?

2017년 11월 10일(금)

이제 호텔로 돌아와 아침 식사를 한다.

그리곤 다시 길을 나선다.

바간의 절들을 구경해야 하는 것이다. 참으로 쉴 틈이 없다.

쉐이쉐이의 차를 타고 바간의 절들을 순례한다.

바간은 1,000년의 역사를 간직한 세계 3대 불교 유적지 중의 하나라 한다. 1988년 유네스코 세계문화유산으로 지정되었다.

참고로 세계 3대 불교 유적지는 바간 이외에도 캄보디아 앙코르와트 (Angkor Wat), 인도네시아 보로부두르(Borobudur) 사원을 말한다.

이들 가운데, 앙코르와트와 보로부드르 사원은 이전에 방문하였기에 오늘 바간의 사원들을 보면 세계 3대 불교 유적지를 다 보는 셈이다.

이곳이 세계 3대 유적지 중 하나인 만큼, 2016년 8월 규모 6.8의 큰 지진이 나기 전에는 5,000여 개의 절이 있었다고 하나, 지금은 3,000여 개가 남아 있다는데, 내 보기에는 좀 과장된 거 아닌가 모르겠다.

기록에 따르면, 1044년 미얀마 최초의 통일 왕조인 바간 왕조를 세운 아노야타 왕은 재임하는 동안 42km²의 평원에 4,446개의 절을 건설하여 번창했으나, 1287년 몽골의 쿠빌라이 칸의 군대에 의해 멸망하고, 당시 몽골군에 의해 많은 절들이 파괴되었다고 하니 5,000여 개의 절이 있었 던 것은 사실인 듯싶다.

내 보기에는 3,000개까지는 안 되어도 그 1/10쯤은 충분히 되고도 남는 거 같다.

그러니 아무리 차를 타고 돌아다닌다 한들 이 많은 사원들을 다 돌아 본다는 것은 말이 안 된다.

우린 그저 쉐이쉐이가 안내 해주는 곳으로 간다.

아침 식사 후 처음 간 곳은 쉐지곤 파고다이다.

이절은 미얀마를 최초로 통일한 아노라타(Anawrahta) 왕이 타톤 왕 국을 정복한 기념으로 세운 절인데, 1060년에 시작하여 1085년 2세 왕 인 칸싯타(Kyansittha) 왕 때에 완공되었다.

쉐지곤이라는 말은 '황금의 모래 언덕 위에 세운 절'이라는 뜻을 담고 있다고 하는데, 이 절에는 부처님의 앞머리뼈와 치아 사리가 봉안되어 있 다고 한다.

이 절의 가운데에 있는 쉐지곤 제디는 다른 불탑들처럼 인공 벽돌로

쉐지곤 파고다

만든 것이 아니고 사암을 깎아 만들었다고 한다.

어찌되었든 이 절이 세워진 이후 미얀마 불탑들은 이 탑을 본떠 만들었다고 보아도 과언이 아니다. 쉽게 말해서, 이 탑은 미얀마 불탑들의 모델인 셈이다.

절로 들어가는 입구에는 커다란 흰색 사자가 지키고 있으며, 회랑을 따라서 들어가면 높이 48.7m의 황금으로 빛나는 쉐지곤 제디가 나타난다.

이 절의 대청에는 이상한 사람들이 걸려 있다.

이들도 낫(Nat)인가?

설명에 의하면 이 절에는 37개의 낫을 모시고 있다고 한다.

여하튼 이 절은 후기 모든 미얀마 파고다들의 원형이 될 정도로 화려하고 큰 절이다.

쉐지곤 제디

13. 우산의 뜻에 따라 왕이 된다고?

쉐지곤 파고디의 낫들

그 다음 들린 곳이 틸로민로 구파야지(Htilominlo Guphaya-Gyi)이다.

이 절은 제야테인카(Zeyathein-Kha), 나다웅먀르(Nadaungmyar), 틸로민로(Htilominlo) 등 세 개의 이름을 가진 왕이 1218년 지은 것이다.

이 절은 바간에 있는 건축물 가운데 전체 크기가 약 150피트(약 46m)에 이르는 매우 큰 웅장한 건축물에 속한다. 이 건물은 3층으로 되어 있고, 그 위로 오르면 전망이 좋고 시원하다.

이 절은 나라파시투(Narapasithu) 왕이 다섯 명의 왕자 가운데에서 후계자를 정할 때 흰 우산을 날려 우산 꼭지가 향하는 사람을 왕세자로 삼았다는 전설이 깃든 곳이다.

왜 하필 흰 우산을 날려 왕으로 삼았는가?

'참, 이 임금님 취미도 희한하다.'고 생각하는 분이 있을지 모르겠으

틸로민로 사원: 부처님과 우산

나, 이 나라에서 흰 우산은 임금을 상징하는 상징물이라 하니 그렇게 이해하시라!

제야테인카는 막내였지만, 우산꼭지의 부름을 받아 선왕에 의하여 왕세자로 선출되었다고 한다.

틸로민로란 '우산의 뜻대로'란 뜻인데, 이 왕세자가 왕이 되자 이 우산의 전설에 따라 틸로민로라는 이름도 가지게 된 것이다.

이 절의 감실에 모신 부처님 좌우에는 금빛과 은빛으로 빛나는 우산이 세워져 있는 것도 아마 이러한 전설 때문이리라.

그 다음 들린 곳은 타짜폰 파야(Thakyapone Phaya)와 타자힛 파야(Thagyarhit Phaya)이다.

여기엔 사리탑들이 많이 모여 있다. 또한 볼만한 벽화가 남아 있다.

13. 우산의 뜻에 따라 왕이 된다고?

타짜폰 파야의 부처님

타자힛 파야

미얀마 바간

타짜폰 파야의 벽화

그 다음 간 곳은 정말 아름다운 절, 아난다 파야(Ananda Phaya)이다.

이 절은 '무한한 지혜'라는 뜻으로 바간의 사원 중 가장 잘 보존되어 있는 가장 아름다운 절인데, 1091년에 바간 왕조의 세 번째 왕인 짠시타 (Kyansittha. 1084-1113) 왕이 건립한 절이다.

이 절은 몬 양식 사원 형태를 띤다. 인도 벵갈 지역의 사원 양식과 유사하다.

전설에 의하면, 어느 날 8명의 스님이 짠시타 왕의 궁전을 찾아왔는데, 왕은 이들에게 음식을 공양하며,

"어디서 오셨는고?"

물어보니

"간다마다나(Gandhamadana)에서 왔습니다."

13. 우산의 뜻에 따라 왕이 된다고?

라고 대답했다.

"간다마다나가 어디인고?"

"간다마다나는 이 우주가 멸망할 때나 마른다는 아나바타프타 호수 가운데에 있는 섬나라입니다. 이곳은 성불을 했지만 설법을 하지 않는 2% 모자란 벽지불들이 완전한 깨달음을 얻은 부처님을 기다리는 열락(悅樂)의 땅입니다."

불심이 강했던 왕은 그들에게 우기에 머물 수 있는 수도원을 마련해 주고, 우기 3개월 동안 날마다 음식을 공양했다.

그리곤 어느 날 짠시타 왕이

"간다마다나에 있는 난다뮬라(Nandamula) 동굴을 보고 싶은디……."

아난다 파야

미얀마 바간

라고 하자, 이 스님들은

"그야 어렵지 않지요." 하면서 법력으로 그 동굴을 왕 앞에 가져다 보여주었다.

왕은 그 동굴을 기억하기 위해 난다라는 이름의 사원을 세웠는데, 18세기 이전에는 난다라고 불렸지만, 19세기부터는 아난다라는 이름으로 부르게 되었다고 한다.

이 절에 들어가는 입구는 동서남북 네 곳이며, 절의 높이는 51m, 동서 길이는 182m, 남북의 길이는 180m이다.

이 절은 기다란 회랑의 안 쪽에 부처님의 전생에 관한 637개의 그림(Jataka)를 그려 놓았다는 것이 그 특징이다.

이 절에는 동서남북 각 방향에 현세에서 해탈한 부처님들의 입상이 있다. 북쪽부터 25대불인 카쿠산다(Kakusandha: 구루손불), 동쪽은 26대불인 코나가마나(Konagamana: 구나함모니불), 남쪽은 27대불인 카사파(Kassapa: 가섭불), 서쪽은 28대불인 고타마(Gautama: 석가모니불) 부처님이 서서 중생을 내려다보고 계신다.

이 중에 가섭불은 얼굴 표정이 보는 위치에 따라 달라 보인다는 가장 유명한 불상이다. 곧, 가까이서 볼 수 있던 왕족과 귀족의 눈에는 무섭고 근엄한 표정이지만, 멀리서만 볼 수 있던 일반 중생에게는 한없이 인자한 표정으로 보인다는 것이다.

가시면 한 번 시험해 보시라!

남쪽 문으로 들어서면 커다란 부처님 발자국 조형물이 둥근 판 위에 새겨져 있다.

이 절의 벽면엔 수많은 감실이 있어 감실마다 부처님이 모셔져 있다.

13. 우산의 뜻에 따라 왕이 된다고?

세어 보진 않았는데 약 1,000여 개의 불상이 있다고 한다.

아마도 관광객 숫자보다 훨씬 많은 부처님이 이곳 바간에 계신 듯하다.

절에 들어갈 때, 늘 인사를 한다.

"밍글라바, 부처님!"

그리고는 이어서 소원을 빈다.

"이 세상의 평화를 위해 자비를 베푸소서."

아만다 사원: 감실의 부처들

처음엔 열심히 인류 평화를 위해 만나는 부처님마다 인사도 하고 소원을 빌려 하였으나, 부처님이 하도 많으니 일일이 '밍글라바' 하고 인사하기도 바쁘다.

그래서 이제는 절에 들어갈 때 대표 부처님께 한 번만 밍글라바 하고, 속으로 염원을 빌기로 했다.

그나저나 밖에서 볼 때에는 그야말로 외관이 아름답다. 예쁜 여인의 자태랄까! 이런 아름다운 건축물도 있으랴 싶다.

미얀마 바간

14. 이제는 부처님 만나기도 지겹다.

2017년 11월 10일(금)

이제 마이 바간 레스토랑으로 점심을 먹으러 간다.

볶음밥과 맥주를 한 잔 한다.

그리고는 미야 제디 파고다(Mya Zedi Pagoda)로 간다.

불당에는 부처님 앞에서 중생들이 꿇어 앉아 소원을 빌고 있다.

그 다음 구 바욱 지 사원(Gu Byauk Gyi Temple)으로 갔는데, 여기는 벽화가 유명하다. 그러나 사진을 찍어서는 안 된다는 경고판 때문에 사진을 찍을 수는 없다.

절 밖에는 어느 절이나 마찬가지로 닭(봉황)을 머리에 인 솟대가 세워

미야 제디 파고다

마누하 파야

져 있다.

그 다음 절은 마누하 파야(Manuha Phaya)라는 사원이다.

마누하 사원은 1057년 바간 왕조의 아노라타 왕에게 멸망당한 타톤 왕국의 왕 마누하가 세운 사원이다.

마누하 임금은 포로로 잡혀 몇 년 동안 감옥에 갇혀 있었는데, 감옥 속에서 깨달음을 얻었는지 사면을 받아 풀려난 후 이 사원을 지었다고 한다.

이 사원은 흰색의 사원인데, 페인트가 벗겨져 가난한 티가 좀 나는 사원이다.

이 절의 특징은 절 안 내부 공간을 꽉 채우는 거대한 좌불상이다. 이 부처님은 특히 손가락이 큰데, 내부 공간에 꽉 차 있어 어딘지 모르게 균형이 맞지 않는 답답한 느낌을 받는다.

미얀마 바간

이와 같은 부처님을 조성한 이유는 몇 가지 추측이 가능하다.

일설에 의하면, 마누하 왕의 답답한 마음을 나타내기 위한 것이라는 말도 있고, 바간 왕조에서 사원을 크게 못 짓도록 했기 때문에 그렇게 되었다는 설도 있다.

여하튼 마누하 왕의 답답한 마음을 상징하는 거라면 그런대로 잘 만든 부처님이겠으나, 글쎄……

마누하 파야의 부처님

다시 차를 타고 로카난다 파야(Lawkanada Phaya)로 간다.

이 절은 강가에 있는데, 강변 풍경과 함께 절로 올라가는 길에 올려본 나뭇가지들의 얼기설기는 또 하나의 볼거리이다.

이 절 역시 황금으로 된 커다란 관(冠) 같은 것이 쇠창살 안에 모셔져 있다.

저게 뭐하는 물건인고?

여기에서 나와 고고학박물관으로 간다.

박물관은 근사하게 지어 놨는데, 일인당 5,000짯(약 4,000원)을 내야

14. 이제는 부처님 만나기도 지겹다.

한다. 언제 여기 또 오겠는가? 돈 아끼지 말고 구경하고 가자.

돈 내고 들어가 보았으나, 수많은 부처님들이 있는 방과 불교 유물들이 주종을 이룬다.

불교문화에 대한 문외한에게는 바깥에서 본 건물 모양이 더 멋있다. 별로 볼 게 없다.

알아야 무엇인가 보이지!

다만 하나 눈에 띄는 것이 백제 금동향로를 닮은 '청동연꽃봉오리'라는 이름의 향로(?)이다.

이 물건은 수미산을 상징하는 꽃봉오리 같은 것을 감싸고 있는 부분을 펼쳐 놓은 것이 다를 뿐, 전체적으로는 백제 금동향로와 비슷한 분위기를 풍긴다.

인류학 박물관

미얀마 바간

고 도 팔린 파야의 부처님

박물관에서 나와 야자열매에 구멍을 뚫어 야자수를 마신다. 그리고 열매를 깨트려 하얀 코코넛 덩어리를 숟가락으로 긁어 먹는다.

워낙 더우니 이런 거라도 마셔서 수분 보충을 해야 한다.

그리고는 고 도 팔린 파야(Gaw Daw Palin Phaya)로 간다. 이 절 역시 흰색인데, 벽의 페인트가 벗겨지고 누렇게 줄이 생기고 보기에 좀 그렇다.

밖에서 본 절 꼭대기는 그럴 듯한데…….

안으로 들어가 보면 둥그렇게 옆으로 난 통로가 있고 이 통로 곳곳에 역시 부처님들이 앉아 계신다.

"밍글라바! 부처님"

이제는 부처님 만나기도 지겹다. 부처님이 너무 많다.

14. 이제는 부처님 만나기도 지겹다.

이런 말 하면 안 되는 거 아닐까?

오늘의 마지막 일정은 부파야(Buphaya)이다.

부파야는 3세기경 이곳의 통치자인 퓨소티(Pyusawhti) 왕의 업적으로 추정된다. 1975년의 큰 지진으로 무너졌을 때 이를 복원하기 위해 16피트 정도를 파 내려가 발견한 퓨 왕조 시기에 봉헌한 평판이 그 근거이다.

참고로 이곳은 퓨족이 지배하다, 나중에 버마인이 들어왔다고 한다.

이 부파야는 에야와디 강(Ayeyarwady River) 강변에 있는데, 다른 사원과는 달리 독특한 형태의 황금색 사리탑이 눈길을 끈다.

부파야의 '부(Bu)'는 '호리병'이라는 뜻이라 한다. 이 사리탑은 말 그대로 호리병 형태라서 특이한 것이다.

이러한 호리병 형태의 사리탑이 세워진 데에는 다음과 같은 전설이

부파야의 사리탑

미얀마 바간

내려온다.

서기 106년 타무따릿(Thamuddarit) 왕이 바간에 처음 나라를 세웠을 때, 넝쿨식물인 '부'(Bu: 호리병박)가 이 강둑에 번식하여 공사에 어려움을 겪었는데, 퓨소티(Pyusawhti: AD162-243)라는 젊은이가 이 넝쿨들을 모두 제거하였고, 그 공으로 공주와 결혼하여 바간의 3대 왕이 되었다 한다.

퓨소티 왕은 이를 기념하여 호리병박 모양의 탑을 강변에 건립했다는 것이다.

그러나 이는 호리병 모양의 탑을 합리화시키기 위해 후세에 지어낸 이야기일 뿐이고, 이런 형태의 탑은 인도 초기의 탑들에서 볼 수 있는 것으로서 퓨(Pyu) 족이 그 영향을 받아 건립하였기 때문이다.

어찌되었든 이 사리탑은 바간 지역에서 가장 오래 된 탑이고, 이 절은 별로 크지 않은 절이지만 이 탑 때문에 유명하다.

이 탑은 에야와디 강가에 우뚝 서 있기 때문에 이 강을 건너는 많은 배들의 등대 역할도 하였다고 한다.

탑 입구 양쪽에는 사자상이 있고, 왼쪽으로 낫(Nat: 정령 精靈)을 모신 작은 사당이 있다.

물론 시야가 확 트이는 강변 경치 역시 훌륭하다.

14. 이제는 부처님 만나기도 지겹다.

15. 사진에 대한 사용권을 확보하다.

2017년 11월 11일(토)

8시 30분 그린랜드 호텔에서 체크아웃을 한다.

그린랜드 호텔에서는 예약이 취소된 방이 있으니 더 머물러도 된다고 한다.

그렇지만 이미 시내에 있는 밍글라 호텔에 방을 예약해 놓은 상태라서 밍글라 호텔로 갈 수밖에 없다.

부킹 닷컴에서 예약을 하면 하루 전까지는 취소가 무료이나 그 시간이 지나면 무조건 하루치 방값을 떼어 간다는 조건이 있기 때문이다.

쉐이쉐이의 차를 타고 짐을 싣는다. 어차피 이사는 해야 하고, 오늘

이자 고나 파고다

미얀마 바간

하루도 바간의 절들을
둘러보아야 하는 까닭
이다.

처음 들린 곳은
이자 고나 파고다(Iza
Gawna Pagoda)이
다.

이 절은 1237년
당시 고위층에 있었던
마하 타만(Maha Tha
man) 씨가 세운 절
인데, '이자 고나'란
뜻은 특별한 뜻이 있
는 게 아니라 이름 높
은 스님의 이름이라고
한다.

이자 고나 파고다 안의 부처님

옆에 있는 난다마냐 그로토(Nandamannya Grotto)로 간다.

난다마냐 사원은 1248년 짜수아 왕이 세운 사원으로서 벽화가 유명하다.

벽화가 유명한 만큼, 사진은 못 찍게 되어 있어 여기에 소개하지 못함
이 유감이다.

이 사원 옆으로는 짯칸 짜웅(Kyatkan Kyaung)이라는 동굴 수도원이
있다.

그래서 이들을 합쳐 난다마냐 그로토라고 부르는 모양이다.

15. 사진에 대한 사용권을 확보하다.

아래 동굴로 내려가 보니 별로 깊지 않은 곳에 굴이 뚫려 있고, 수도할 수 있는 방들이 굴속에 자리 잡고 있다. 물론 부처님을 모신 불당도 있고, 너저분한 살림살이도 있다.

여기는 시원하다.

한 바퀴 돌고 나와 벗어 놓은 신을 찾으러 땅을 밟고 들어갔던 입구쪽으로 간다. 발이 잔돌에 따갑다.

그 다음에 방문한 빠야 통 주 사원(Bhaya Thon Zu Phaya)은 '세 개의 탑'이라는 뜻이라는데, 이름 그대로 세 개의 탑이 나란히 서 있다.

이 탑들은 힌두교의 시바(Shiva), 비슈누(Vishnu), 브라흐마(Brahma)의 세 신을 상징한다는 말도 있고, 소승불교의 삼보(三寶) 곧, 불(佛:

짯칸 짜웅

미얀마 바간

빠야 똥 주 사원

Buddha), 법(法: Dhamma), 승(僧: Sangha)을 상징한다고도 하는데, 어
떤 것이 맞는지는 여기 사람들도 잘 모른다.

어찌되었든 이 탑들은 안에서 서로 연결되어 있다는 데 특징이 있다.

그 다음 나라티하파테 흐파야(Narathihapatae Hpaya) 사원으로 간
다.

입구에는 그림을 그리는 청년이 앉아 있다가 조그만 천에 그림을 하
나 그려 준다.

공짜로!

훌륭한 화가가 될 소질이 엿보인다. 공짜로 천에 그림을 한 장 그려
줘서 하는 말이 아니다.

이 말이 사실이 될 수 있도록 화가로서 크게 성공하길 빈다.

15. 사진에 대한 사용권을 확보하다.

다음은 레이 미엣 나 사원군(Lay Myet Hnar Complex)이다. 이 사원군은 틸로민로(Htilominlo) 왕의 왕비 아난다투라(Anandathura) 씨가 만든 흰색의 레이 미엣 나 사원을 중심으로 주변의 작은 사원과 불탑들을 합쳐서 일컫는 말이다.

레이 미엣 나 사원 탑의 상륜부와 동서남북 모서리에는 금은보석이 박혀 있다고 한다. 금은보석이 없더라도 생긴 모습이 참 아름답다. 알고 보니 바간 후기의 대표적 건축물이라 한다.

이 절에 들어갔다 나오는데, 할머니 둘이 곰방대를 빨고 있다.

사진기를 들이대니 "오케이." 한다.

그런데, 사진을 찍자마자 돈을 내 놓으란다. 이른바 초상권에 대한 보상을 요구하는 것이다.

레이 미엣나 사원

미얀마 바간

곰방대 빠는 할머니들

잔돈이 없어 얼마인가를 주면서 두 분이 논아 가지시라고 하는데, 다른 한 분이 막무가내다.

결국 다시 돈을 꺼내어 준다. 완전히 뜯겼다. 어수룩한 줄 알았던 할머니들에게 완벽하게 당했다.

에이, 비싼 사진 찍었네!

그렇지만 이 사진에 대한 사용권은 내가 확보한 셈이다.

15. 사진에 대한 사용권을 확보하다.

16. 사람이나 소나 쎔, 쎔이다.

2017년 11월 11일(토)

이제 절 맞은편의 동네 탐방이다.

무슨 동네더라? 마을 아낙의 아내를 받으면서 민난투 빌리지(Minnanthu Village)라던가, 여하튼 마을로 들어선다.

어느 집에선가 땅콩이 천정에 매달려 있다.

도시에서 살았던 나는 줄기에 땅콩이 달려 있는 것은 처음 본다.

아하, 이것이 땅콩이구나!

아무리 지식이 많아도 모르는 것은 있기 마련이다. 그만큼 세상은 넓고, 모르는 것은 많다. 또한 모든 걸 다 내가 할 수도 없고, 할 필요도 없

땅콩

미얀마 바간

다. 너는 너, 나는 나, 아는 게 다르고 하는 일이 다른 것일 뿐.

서로 다르다고 경원할 필요는 없다. 경원하기보다는 서로 존경해야지!

사람들은 자기와 다르면, 특히 생각이 다르면, 원수로 생각하는 경향이 있다.

그게 아닌데……. 다 그런 것도 쓸모가 있는 것을!

흐, 좋은 거 깨달았다.

이 골목 저 골목으로 들어서며, 집안을 살펴본다. 목화도 처음 보고, 거기서 실을 뽑아 천을 짜는 것도 보고, 우물도 살펴보고, 부엌도 들여다보고, 발로 밟아 가며 바람을 내보내 불을 일으키는 커다란 풀무도 보고 외양간에 있는 흰 소도 보고, 이것저것 다 들여다본다.

사람 사는 집이나 외양간이나 똑같다. 사람이나 소나 쎔, 쎔이다. 분

외양간의 흰 소

16. 사람이나 소나 쎔, 쎔이다.

별할 필요도 분별할 이유도 없다. 쉐이쉐이의 지혜가 여기에서도 빛을 발한다.

허긴 부처님 눈에는 모두 다 불쌍한 중생(衆生)인 것을!

10시 19분 뻬따지 파야로 간다.

여기에 있는 수많은 절들은 건축 양식이나 그 안에 모셔 놓은 부처님이나 다 다르다. 그러나 여기에서 어찌 다른가는 말로 표현할 수 없다. 지식이 짧으니, 그냥 아, 이렇게 지을 수도 있구나, 이렇게 만들 수도 있구나 정도로 감상하며 지나간다.

그렇지만, 비록 그 크기나 모양은 다 다르더라도, 신실한 불심만은 같은 것 아닐까?

10시 37분 술라마니 구파야(Sulamani Guphaya)로 간다.

이 절은 나라파치시투(Narapatisithu) 왕이 조그마한 루비를 발견한 푹 꺼진 땅에 흙을 메워 넣은 후 1183년에 지은 사원이다. 이 사연은 북쪽 현관에 세워 놓은 돌에 새겨져 있다.

조그마한 루비를 발견하여 세운 사원이라서 이 사원은 '작은 루비'라는 뜻의 술라마니 사원으로 부르게 된 것이다.

이 절에도 빛바랜 부처님 벽화가 있는데, 사진을 못 찍게 하지는 않는다.

찍지 말라고 하지 않으니까, 찍기가 싫어진다.

찍지 말라면 찍고 싶고, 찍어도 좋다면 찍기 싫고, 왜 그럴까?

사람들은 묘하다. 하지 말라면 굳이 하려 하고, 하라면 안 한다.

가만히 생각해 보면, 요건 하느님이 만들어 놓은, 이 세상의 역동성을 자동적으로 조정하는 일종의 장치인 듯하다. 곧, 인간이 살아가는 데 평온

하지 않고 무엇인가 움직이며 차이를 만들어 내는 기막힌 자동기제(mechanism)가 아닌가!

어찌되었든 벽화를 사진에 담는다.

그리고 부처님께 "밍글라바!" 하고는 "인류에게 평화를 줍시사!" 기도한다.

부처 그림도 금부처도 마음 놓고 감상한다.

어쩌면 하나하나 다 다를 수 있을까?

술라마니 구파야 사원의 부처님 벽화

예술의 다양성이 개성에 있다는 것을 새삼 깨닫는다.

내가 그릴 줄은 몰라도 볼 줄은 안다.

나뿐만이 아니다. 사람들에게는 자신이 하지는 못해도 볼 줄 아는 눈이 있다. 보고, '좋다, 나쁘다, 아름답다, 아니다' 따위를 판별할 수 있는 눈이 있는 것이다.

달걀을 낳지는 못해도, 달걀의 성분이 무엇인지는 몰라도, 반숙의 맛은 안다.

16. 사람이나 소나 쎔, 쎔이다.

그래서 그냥 본다.

10시 56분, 탐마야지에 와서 보니 어제 왔던 곳이다. 그냥 되돌려 나온다.

11시 04분, 구 뱌욱 지(Gu Byauk Gyi) 사원으로 간다.

이 사원은 짠시타 왕의 아들인 라자쿠마르가 아버지의 죽음을 기리며 지은 사원으로서 1113년에 완성되었는데, 아름다운 벽화가 유명하나 역시 사진은 못 찍게 되어 있다.

내 볼 때에는 술라마니 구파야의 벽화나 여기의 벽화나 빛바랜 것도 같고 거기서 거긴데, 술라마니 구파야에서는 찍어도 되고 여긴 안 된다고 하는지 그 이유를 모르겠다.

사진을 찍으면 플래시의 불빛에 벽화의 색이 바라기 때문으로 알고

구 뱌욱 지 사원

미얀마 바간

있는데, 술라마니 구파야에서도 못 찍게 하지 않구 내버려 두는 것을 이해할 수 없다.

여기에도 무슨 심오한 부처님이 뜻이 있는가?

어찌되었든 내 보기에는 구 뱌욱 지 사원의 겉모습이 아기자기하고 아름다운 게 빛바랜 벽화보다 훨씬 더 좋아 보이는데, 내 눈이 잘못된 것인가?

구 뱌욱 지 바로 옆에는 미야제디 파고다(Myazedi Pagoda)가 있는데 별 특별한 것은 없으나, 이 절 입구 오른쪽의 작은 방 안에 있는 비석에는 퓨족어와 몬족어, 고대 버마어와 팔리어의 네 개 언어가 적혀 있어 학술적으로 매우 중요한 곳이라 한다.

16. 사람이나 소나 쎔, 쎔이다.

17. 오늘 부처님을 잘 만나서 그런가?

2017년 11월 11일(토)

한편 레이 미옛 나(Lay Myet Hnat) 사원은 한글로 이정표가 세워져 있는 사원이다. 이 사원은 앞에서 말한 레이 미옛 나 사원군(Lay Myet Hnat complex)과는 또 다른 같은 이름의 사원이다

한국 스님이 기부하여 복원된 사원이기 때문이다. 일명 한국 사원이라고 부르기도 한단다.

반갑다. 오랜만에 보는 한글이!

이 사원은 11세기경 짠싯타 왕의 손자인 알라웅시투 왕이 세운 것으로 추정되는데, 내부 중앙의 사각 기둥에는 부처님의 사성지(四聖地: 부처님의 생애 중 가장 관계가 깊었던 네 곳의 성지), 곧, 탄생, 성도, 초전법륜(성

레미엣나 사원

미얀마 바간

도 후 처음으로 법륜을 굴리어 다섯 비구를 제도한 곳. 녹야원), 열반상이 조각
되어 있어 이 사원에 들어오면 부다의 사성지를 참배한 셈이 된다고 한다.

여기에선 부처님을 배알하려면 반드시 신을 벗어야 한다.

신을 벗고 뜨거운 돌판 위를 걷노라면 저절로 "앗 뜨거, 앗 뜨거!"하
면서 저절로 부처님 고행을 생각하게 된다.

"왜 맨발로 걷게 하는가?"

"부처님 계신 성스러운 곳이니 깨끗하게 돌아다녀야 하느니. 너는 네
집에 똥 묻고 겨 묻은 신발로 돌아다니면 좋겠나?"

일리가 있는 생각이다.

허나 모스크처럼 미리 발 씻는 수도 시설이라도 해 놓고 발 씻고 들
어가라 해야지, 발도 발 나름인데. 깨끗한 내 발이 오히려 더러워지는
데……

이런 점 이슬람교에서 배워야 한다.

또한 모자는 써도 괜찮다니 이해가 안 간다. 존경하는 분 앞에서는 모
자를 벗어 경의를 표하는 게 보통인데, 부처님 앞에서는 모자를 쓰고 돌
아다녀도 된다니!

물론 문화의 차이라고 주장하면 할 말이 없다만…….

그리고는 이제 밍갈라 호텔로 가 짐을 푼다.

그리고는 중국집에서 점심을 먹는다. 물론 꾸준히 볶음밥이다. 미얀마
맥주 하나를 시켰는데, 뚜껑에서 '하나 더'가 나왔다.

경사 났네, 경사 났어! 맥주 한 병을 공짜로 더 먹는 행운이 찾아오다니!

오늘 부처님께 인사를 잘 해서 그런가?

결국 그 다음부터는 다른 맥주는 안 마시고 미얀마 맥주만 마시면서

17. 오늘 부처님을 잘 만나서 그런가?

쉐구지 파고다 이층

뚜껑을 뒤집어 보았는데, 전부 '꽝'이었다.

미얀마 맥주의 판촉 행사에 들러리를 선 꼴이다. 허나 시원한 맥주 맛은 맥주 맛이다.

다시 쉐구지 파고다(Shwegugyi Pagoda)로 간다.

시간은 벌써 3시가 넘었다.

이 절은 바간 왕조의 4대 왕인 알라웅시투(Alaungsithu) 왕이 자신이 죽어서 묻힐 곳으로 선택하여 1131년에 지은 절이라 한다.

그러나 이 왕은 왕권에 탐이 난 그의 아들 나라투(Narathu)에 의해 죽임을 당했다는 비극의 현장이 되었다고!

이층으로 오르니 전망이 매우 좋다. 저쪽으로는 아난다 파야가 보이고 이쪽으로는 바간 궁전이 보인다. 그리고 또 다른 쪽으로는 많은 사원들이 숲 속에서 빛나고 있다.

미얀마 바간

바간 골든 팰리스

바간 골든 팰리스

17. 오늘 부처님을 잘 만나서 그런가?

3시 40분이 넘어 타라바 게이트로 간다. 바간의 성문인 셈이다. 12개 문 가운데 4개만 남았다는데, 이 문이 동쪽에 나 있는 문이다.

이 문으로 가기 전에 아름다운 거창한 건물이 있는데, 어딘고 하니, 티리 짜야 부미 바간 골든 팰리스(Thiri Zaya Bumi Bagan Golden Palace)라고 벽이 말해 준다.

그 앞 문에는 매일 오전 6시부터 오후 8시까지 열려 있고, 입장료가 외국인 5,000짯(약 4,000원)이라고 쓰여 있다.

일인당 5,000짯씩 내고 들어간다.

궁전 구경이다.

정원 왼쪽으로는 음식점이 있고, 정원 한쪽에는 말 없는 마차가 덩그러니 놓여 있다. 말은 궁전 앞 한길에 나와 자유롭게 왔다 갔다 하고.

전각은 황금빛으로 번쩍이는데, 전각 안 기둥이 훌륭하다.

바간 골든 팰리스 겹지붕

미얀마 바간

바간 골든 팰리스

특히 탑처럼 겹겹이 쌓아 놓은 지붕들이 아름답다.

이를 보면서 "아, 옛날 생각이 나네! 내가 옛날에 살던 곳 아닌가! 어쩐지 낯이 익더라니!"

객소리를 한다.

전각 뒤로는 객석이 마련되어 있는데, 아마도 밤에는 이곳에서 연극을 공연하는 모양이다.

이 방 저 방 들여다보면서, 때로는 옛날 왕이 앉았던 의자에 앉아보기도 한다.

어떤 방의 침대는 왕과 왕비가 사용하던 것 같은데, 침대 크기가 작은 것을 보니 왕과 왕비의 키가 작았으리라 짐작한다.

허긴 여기 사람들은 키가 작다.

5,000짯 들었지만 볼 만하다.

17. 오늘 부처님을 잘 만나서 그런가?

18. 짝퉁도 쓸모가 있다.

2017년 11월 11일(토)

궁전에서 나와 마하보디(Mahabodhi) 사원으로 간다.

이 절의 탑은 높이가 43m인데, 부처님이 성도하신 인도 부다가야 지방에 있는 마하보디 사원을 본떠서 만든 사원이다. 곧, 탑의 벽면에 감실을 만들어 놓고 그 안에 부처님을 모셔 놓았다.

이 사원은 그러니까 마하보디 사원의 짝퉁인 셈이다.

그러하다면 왜 이런 짝퉁 사원을 만들었을까?

그 이유는 이 사원을 만든 난다웅마 왕이 부다가야까지 가기에는 길이 너무 멀어 갈 수는 없고, 가고는 싶고, 그러하니 이런 짝퉁이라도 만들어 순례하면 어떨까 하는 절실한 신심 때문이란다.

미얀마 바간의 마하보디 사원

미얀마 바간

여기에서 우린 또 배운다. 짝퉁도 쓸모가 있다는 것을!

로열티도 안 주고 이런 짝퉁을 짓다니, 돈만 아는 천민자본주의자들이 보면 방방 뛸 일이다. 당장 법원에 고소할지도 모른다.

그렇지만, 돈만 아는 사회가 과연 좋은 사회일까?

물론 개인의 창의성은 존중되어야 하고, 그 대가를 받는 것이 마땅하다. 그렇지만 그것도 정도껏 해야지~.

지식이나 예술이나 물건이나 처음 만든 사람의 권리는 인정해주어야 하지만 그것을 이용하는 사람도 존중해야 하지 않을까?

곧, 저작권이나, 특허권 등은 보장해 주어야겠지만, 이런 것들은 모두 인류를 위해 쓰여야 한다는 점에서 어느 정도 기한이 지난 후에는 짝퉁을 허용해야 한다.

예컨대, 루비똥인가 뭔가 하는 것을 로열티를 주지 않고 베끼면 짝퉁이 되는데, 그 로열티를 언제까지 받을 것인가?

루비똥 같은 것에 로열티를 주는 것은 내 생각에 10년이면 족하다. 물론 내 생각이다. 그 다음부터는 아무나 짝퉁을 만들 수 있도록 허용해야 한다.

지식이나 물건의 효용은 쓰임에 있는 거니까, 누구나 쉽게 쓸 수 있도록, 가능하면 많은 사람들이 쓸 수 있도록 해주어야 한다.

이런 걸 돈으로 얽매어서는 안 된다.

단지 지식이나 예술품이나 물건이나 처음 만든 사람을 기념하여 처음 만든 이가 누구인지를 표시하는 예의만 있다면, 일정 기간 이후 누구나 쓸 수 있도록 허용해야 한다.

예컨대, 짝퉁을 만들고 한쪽 귀퉁이에 "요것의 원조 만든 이는 OOO임,

18. 짝퉁도 쓸모가 있다.

000에게 감사한다."라고 표시만 하다면, 누구나 만들 수 있도록 허용해 줘야 하지 않을까?

그런데 웬 천민자본주의가 횡행하면서 짝퉁을 못 만들게 하는 것인지 모르겠다.

더욱이 신약 개발 같은 것은 병으로부터 사람을 구하는 것인데, 돈 없는 사람은 사용할 수 없을 정도로 몇 백만 원, 몇 천만 원씩 한다는 게 말이 되는가?

난 짝퉁 찬성이다.

얘기가 빗나갔다만, 이제 일몰을 보러 간다.

일몰을 보기 위해 간 곳은 커다란 호수가 있는 둑 위이다. 벌써 많은 차들이 와 있고, 사람들이 바글바글하다.

호수 가운데에는 커다란 나무가 서 있고, 하얀색의 고니가 무리지어 나른다. 호수 건너편에는 우뚝 선 붉은 탑이 보이는데, 나중에 알고 보니 바간의 절들을 전망할 수 있는 전망대라 한다. 바간의 절과 탑들이 있는 숲 가운데에 지어 놓은 호텔 안에 있다 한다.

누군가의 여행기에는 이 전망대에 올라가는 데 5,000짯(약 4,000 원 정도인데, 어쩌면 지금쯤 더 받을지도 모른다)이 들었지만 올라가 볼 만하다고 한다. 그만큼 전망이 좋다는 것인데……

어찌되었든 바간의 숲 한 가운데 고급 호텔을 허가해준 것부터 무엇인가 잘못된 것 아닌가?

시민단체에선 뭘 하고 있누?

참, 여긴 미얀마이니 시민단체 같은 건 아직 생겨나지 않았을지도 모르지,

미얀마 바간

새삼 우리나라의 시민단체들이 한 역할을 하고 있다고 생각된다. 비록 시민단체랍시고 잘못하는 점도 전혀 없지는 않지만 말이다.

둑 위로 오르는데, 누군가가 와서 표 검사를 한다. 문이 있는 것이 아니라서 무작위로 표 검사를 하는 것이다.

해가 지는 곳을 바라보며 사진 찍을 장소를 물색하는데, 별로 좋은 자리가 없다. 이쪽저쪽으로 물론 바간의 절과 탑들이 보이긴 하지만 해지는 쪽과는 전혀 방향이 맞지 않는다.

저런 절이나 탑이 실루엣으로 까맣게 나타나는 가운데 붉게 물든 노을 속에 해넘이가 이루어져야 제격인데, 해지는 방향엔 절도 탑도 없다.

물론 한두 개 있지만 너무 낮아서 그리고 방향이 맞지 않아서 좋은 사진은 기대할 수 없다.

그냥 바간의 절들이 모여 있는 쪽인 차들이 일몰 보러 들어오는 쪽으

일몰 보는 둑에서 내려다 본 바간의 사원들

18. 짝퉁도 쓸모가 있다.

알로토삐에 사원의 부처님들

로 사진기를 돌려 몇 장 찍는다.

해지는 것을 보려면 이곳을 찾지 말라고 권하고 싶다. 오히려 아침에 해돋이를 보러 갔던 쉐산도 파고다가 훨씬 낫다.

일몰은 보는 둥 마는 둥하고 빨리 쉐이쉐이를 찾아 빠져 나온다. 나오는 길에 사원 한 군데를 더 들린다.

틸로민로(Hti Lo Min Lo) 사원의 표지와 함께 알로토삐에(Alotawpyae) 사원의 표지가 보인다.

틸로민로는 어제 들린 곳이니 알로토삐에 사원만 잠간 가 본다.

벌써 날은 어둑어둑해진다.

이 사원의 본당 감실 주변엔 부처님 벽화가 가득하다는 것이 그 특징이다.

특이하지만 볼 만하다.

미얀마 바간

19. 지는 게 이기는 거유.

2017년 11월 12일(일)

아침엔 밍글라 호텔에 앉아 인레 호수에 갈 준비를 한다.

일단 로얄 낭쉐 호텔에 예약을 한다.

10시 40분, 이발소를 물으니 어찌어찌 가면 된다고 가르쳐 준다.

이 호텔 주인은 한국 청도에서 일을 해 돈을 벌어 이 호텔을 지었다고 한다. 한국말을 조금은 한다.

호텔 주인이 오토바이에 태워 이발소에 데려다 준다.

먼저 간 이 선생부터 이발을 하고 이제 내 차례다.

"조금만 깎아라, 그러지 않으면 우리 마누라한테 혼난다."

내가 미얀마 말을 몰라 한국말로 해도 이발사는 내 말을 알아들었는

미얀마 이발소 풍경

19. 지는 게 이기는 거유.

지 끄떡끄떡 한다.

이발하는 데 2,000 짯 들었다. 우리 돈으로 천 오륙백 원 정도이다.

싸게도 깎았다.

이발을 한 후 시장을 찾아 걷는다.

이발소에서 시장까지는 얼마 멀지 않다.

시장가는 길에 아웅 산(Aung San) 동상이 서 있다.

미얀마 영웅: 아웅 산

아웅 산은 미얀마의 영웅이다. 아니 사람들이 그를 영웅으로 만드는 것이다.

사실 영웅이 어디 있나? 알고 보면 영웅도 사람이고 그래서 못된 점도 있고, 과실도 있다.

그렇지만 일부 정치인들이 과실은 숨긴 채 공만 내세워 영웅시하며 이를 정치에 이용하는 것이다.

그러면 국민들은 생각 없이 그렇다고 그냥 믿을 뿐이다. 그래서 이용만 당하는 거다.

주내와 초롱 씨는 역시 호텔에서 오토바이에 태워 시장에 가 있는 상

미얀마 바간

태이다.

시장에 가 주내에게 머리를 보이니 잘 깎았다고 한다. 이발소 주인이 혼날 일은 없는 듯하여 안심이다.

시장에서 내가 좋아하는 오크라와, 당근, 토마토 등을 산다.

그리곤 걸어서 점심을 먹으러 간다.

에어컨 달린 식당을 찾는다. 주내가 파리와 무슨 원수를 졌는지, 파리만 보이면 음식을 못 먹기 때문이다. 에어컨 있는 식당은 그래도 좀 청결 상태가 낫지 않을까 하는 생각 때문이다.

따곤 맥주는 2,000짯인데 맛이 따봉이다.

그럭저럭 하루가 지나간다.

다시 어두워져 식당을 찾는다.

식사를 시켰는데,

"손님이 많으니 30분쯤 기다려 주세요"

"오케이."

맥주부터 한 잔 한다.

벌써 30분이 지났는데……. 우리 뒤에 온 사람도 밥 먹고 나가는디…….

일하는 애를 부른다.

"벌써 30분이 지났는데……."

그러자 이 선생이 시킨 닭고기 넣어 끓인 토마토 스프를 가져온다.

조금 더 기다리니 초롱 씨가 시킨 채소 국수가 나온다.

그러나 그 다음부터는 감감 무소식이다.

다시 20분이 지난다.

19. 지는 게 이기는 거유.

다시 웨이트리스를 부른다.

"야, 나두 밥 줘. 벌써 주문한 지 한 시간이 다 되어 가잖아."

알았다는 표정으로 주방에 들어간다.

그러나 먹을 거는 안 나온다.

주인을 부른다.

"야, 밥 줘야지! 기다리는 건 기다려도, 순서는 지켜야 할 거 아닌가! 우리 뒷손님도 다 먹고 갔잖아! 왜 내 건 안 주는데?"

그러자

"뭐 시켰나?"

고 묻는다,

다시 메뉴판을 들고 주문한 걸 찾으려니 신경질이 난다. 배고프면 짜증나는 것은 만고의 진리이다.

메뉴판을 덮으면서 소릴 지른다.

"니들 주문표를 봐라!"

주인은 굽실거리며

"미안하다."

는 말만 반복한다. 그러나 전혀 미안한 기색은 아닌 듯하다.

"야, 빨리빨리 가져와!"

큰소리를 지른다.

앞에 앉은 이 선생 왈, 점잖게

"큰소리치면 지는 겁니다."

"지는 게 이기는 거유. 우리 속담에 '지는 게 이기는 거'란 말이 있잖유."

미얀마 바간

20. 누굴 속이려구?

2017년 11월 13일(월)

이제 인레(Inle)로 출발한다.

6시 30분이다.

가는 길에 창밖으로 풍선(風船)이 떠오르기 시작한다. 해가 떠오르기 시작하는 것이다.

이 풍선은 45분 타는 데 400달러(약 45만 원)이라 한다.

10년 전 터키에선 300달러라 했는데, 그 동안 더 오른 것이다.

다른 것들은 세월이 흐르면서 싸지는데, 풍선만은 가격이 더 올라간다. 웬일일까?

가는 길은 생각보다 좋다. 고속도로는 물론이고 지방도로 역시 과히 나쁘진 않다.

다른 사람들의 기행문에선 도로가 엉망이라 하던데……. 아마 그 동안 미얀마도 발전했기 때문일 것이다.

고속도로 통행료는 대략 500짯(약 400원) 정도인 듯하다.

이곳은 고속도로뿐 아니라 지방 구역이 달라지면 꼭 통행세를 받는다. 때로는 영수증을 주기도 하지만, 영수증 주지 않는 경우도 많다.

주는 사람이나 받는 사람이나 아무 생각 없이 그냥 주고받는다.

가면서 휘발유 값을 보니 옥탄가 95인 휘발유가 리터당 865짯(우리 돈 700원 정도)이다. 휘발유 값이 참 싸다.

오늘 가는 곳은 835m 고지의 냐웅 쉐(Nyaung Shwe)이다. 여기에는 산정호수인 인레 호수가 유명하다.

인레 호수 가는 길

9시 20분쯤 인레 가기 전의 중간 정도 되는 거리의 메익틸라(Meiktila)에 도착한다. 호수를 끼고 있는 큰 도시이다.

시내 저쪽으로 사원이 보인다.

10시 10분, 기사의 아침 식사 시간이다.

파우어 카페(Power Cafe)라는 곳에서 차를 한 잔 마신다. 간판이 파우어 카페이지 그냥 음식점과 다를 게 없다.

11시, 차는 산 위로 올라간다. 깊은 산속 절벽 위 고불고불한 길로 달리는데, 의외로 교통량이 많다.

뱅글뱅글 돌아 산을 넘는다.

1시쯤 깔로(Kalo)라는 산위의 제법 큰 도시에서 점심을 먹는다.

메뉴판을 가져오는 데, 어떤 메뉴판에는 값이 매겨져 있지 않다. 내가 보는 메뉴판은 값이 적혀 있다.

2,000짯짜리 볶음밥 등을 시킨다.

계산서를 요구하자 계산서를 가져오는데, 무엇인가 좀 이상하다.

값이 거의 두 배인 것이다.

아까 본 것으로 대충 계산해도 그 반 밖에 안 되는데……

메뉴판을 가져다 달라고 하자, 역시 가격이 안 적힌 메뉴판이다.

메뉴판 꽂혀 있는 선반에 가서 값이 적힌 메뉴판을 들고 와 가격을 찾아본다. 역시 내가 본 것이 맞다.

요놈들이 가져다 주는 것은 바가지 메뉴판인 것이다. 외국인에게 적용되는 외국인 전용 메뉴판일 수도 있다.

인레 호수 가는 길에 만난 스님들

20. 누굴 속이려구?

가격도 안 적어 놓고 대충 두 배 이상을 받는 것이다. 2,000짯짜리가 4,500짯으로 둔갑하는 것이다.

가격 적힌 메뉴판을 주면서 정정해 오라 한다.

지들도 어쩔 수 없이 새로 계산서를 끊어 온다. 결국 바가지는 안 썼다.

누굴 속이려구? 우리가 처음 온 줄 아나베!

다시 미니밴을 타고 냐웅쉐의 호텔로 간다.

냐웅쉐로 들어가는 입구에서는 외국인에게 입장료를 받는다.

입장료는 '일인당 단지 13,500짯(For one person only 13500ks: 약 11,000원 정도)'라는 큰 팻말이 걸려 있다.

자슥들, 돈 1만원이 작은 돈인감? 한국에서도 큰돈인디……. 그것도 5일 동안 유효하다고 쓰여 있다.

미얀마 돈 13,500짯이면 이곳에서도 어마어마하게 큰돈이다. 고걸 일인당 '단지' 13,500짯이라고?

최저임금이 시간당 450짯(약 350원 정도)이니, 하루 8시간 일해도 3,600짯이다. 3,000원도 안 되는 돈이다.

이것도 2015년 9월에 미얀마 국회에서 확정된 금액이 그렇다. 그 전에는 봉제 기업 평균 임금이 하루 1,300~1,600짯(1000원~1300원)이었다 한다.

그렇지만 어이하랴? 돈을 내는 수밖에! 그리고 5일 되기 전에 떠나야 한다!

얼마 안 가 이럭저럭 로얄 냐웅 쉐 호텔(Royal Nyaung Shwe Hotel)에 도착한다.

호텔은 평판대로 좋다. 하루 32불이다.

미얀마 인레

호텔에서 저녁 식사할 곳을 물으니 그린 칠리(Green Chilly)라는 식당을 소개해 준다.

걸어서 몇 블록을 돌면 되는데, 가보니 자리가 없다. 예약을 해야 한다고 한다.

결국 다른 식당을 찾아 헤맨다.

결국 골든 피시 바 앤드 그릴(Golden Fish Bar & Grill)이라는 간판을 보고 피시라는 말에 이끌려 들어간다.

"골든 피시면 금붕어라는 얘긴데……. 설마 금붕어 요리하는 곳은 아닐 테지. 한 번 확인해 봐야겠다."

역시 금붕어 구워 주는 데는 아니고, 해산물 요리점이란다.

미얀마 맥주와 오징어 등의 해산물 볶음 요리와 볶음밥 따위를 시킨다.

나는 맥주를 마시며 오징어 튀김을 먹고, 모기들은 내 다리에서 내 피를 마신다.

먹고 먹히는 먹이사슬이다.

일하는 이를 부른다.

"나, 모기 안 좋아해. 모기는 날 무척 좋아하지만."

"알겠습니다."

모기향을 피워 발 아래 놓는다.

모기로부터 공격은 덜 받지만, 모기향 연기가 별로 맘에 들지 않는다. 아마 모기는 더 많이 맘에 들지 않을 거다.

20. 누굴 속이려구?

21. 여행은 부처가 되는 지름길이다.

2017년 11월 14일(화)

아침은 6시 20분에 먹는다.

식사도 좋고 창밖의 경치도 좋다.

창밖으로 노란 탑이 보이는 절이 있고 오른쪽 저쪽으로는 역시 큰 절이 보인다.

어제 로비에서 만난 한국인 부부와 함께 6명이 7시에 툭툭이를 타고 카웅다잉(Khaung Daing)의 5일장을 구경한다.

30분 정도 걸리는데, 왕복 요금이 15,000짱(12,000원 정도)이다. 한

호텔 식당에서 내다본 절

미얀마 인레

툭툭이

집당 5,000짯인 셈이다.

　아침이라 그런지 매우 쌀쌀하다.

　장은 우리나라 5일장과 거의 비슷하다. 사람들은 북적이고, 없는 게 없는 그런 장이다.

　이것저것 구경을 한다. 들어가는 입구부터 꽃이며, 과일이며, 먹을 거리, 입을 거리, 그릇, 장신구 등.

　농사지은 것을 들고 와 전을 벌린 사람들도 있고, 고산족 고유의 까만 옷에 두건을 쓴 여인도 있고,

　한 바퀴 돌다 보니 은세공 목걸이를 2만짯(약 16,000원)에 사라고 성화다.

　그냥 구경하다가 7,000짯(약 5,600원)을 불렀는데, 아이쿠, "오케이."

21. 여행은 부처가 되는 지름길이다.

하는 것이 아닌가!

안 살 수도 없고! 결국 하나 산다.

다시 시장을 한 바퀴 돌다가 6,500짯(약 5,200원)에 하나를 더 산다.

하나는 마누라에게, 하나는 며느리에게 주면 좋아할 거다.

가장은 항상 집안 식구들을 챙겨야 존경을 받는다. 나야 뭐 그러지 않아도 존경을 받기는 하지만…….

한편 이 선생은 6,000짯(약 4,800원)에 산다. 똑같은 것을!

물건 값이란 일정한 게 전혀 아니다. 물건 값이란 사람에 따라 다른 법이다.

큰 거, 깨달았다.

여행을 하다 보면 깨닫는 게 많다. 이러다 생불(生佛)이 되는 것 아닌

카웅다잉의 5일장: 고산족 여인

미얀마 인레

가 몰라!

나에게 여행이 무엇이냐 물으신다면, "여행은 부처가 되는 지름길이다."라고 설파하겠다.

주내와 초롱 씨는 낫또와 오크라, 토마토 등 채소를 산다.

만나기로 한 9시가 되어 툭툭이를 타고 되돌아온다.

호텔에서는 짐을 꾸려 다른 호텔로 가야 한다. 호텔이 괜찮아 더 있으려 했으나, 방이 예약 손님으로 꽉 찼다고 하니 어쩔 수 없다,

옮긴 호텔은 임마나 그랜드 인레 호텔(Immana Grand Inle Hotel)이다. 아예 3박을 103달러에 예약해 놓았다.

이 호텔은 시설이 더 좋다. 새로 지은 건물인 듯하다. 시트도 새 거고, 초롱 씨가 좋아하는 욕조도 있고, 수영장도 있고, 자전거도 무료로 빌려준단다.

카웅다잉의 5일장이 선 곳 호숫가

21. 여행은 부처가 되는 지름길이다.

이가 솟아 아프다.

이를 닦고, 가지고 다니는 죽염으로 소독한다.

참고로 여행할 때 챙겨야 할 것으로는 물론 응급약들이 있겠지만, 나는 꼭 죽염도 가지고 다닌다. 죽염은 아주 좋은 항생제라 생각하면 된다. 단 죽염은 침으로 녹여 바르거나 복용하면 되는데, 복용하는 경우, 한 시간 전후로는 물을 마시지 않아야 한다고 한다. 그 이유는 죽염 박사에게 여쭤 봐요. 난 모르니까.

점심은 아침에 사 온 채소와 바나나 잎으로 싼 찰밥으로 호텔에서 때운다.

주내는 밀린 빨래를 하고 난 눕는다. 잔다.

한두 시간 잤나, 일어나 보니, 주내는 초롱 씨와 수영하고 있다.

잠시 후 욕조에 뜨거운 물을 받아 놓고 몸을 담근다.

그런데, 물에서 웬 구룬내가!

초롱 씨 방귀 냄새인가? ㅎ. 그럴 리가 없는디……. 방이 다른데…….

아마 유황 온천물인 듯하다.

4시 반엔 갑자기 흐려지더니 비가 억수같이 쏟아진다. 자전거 타고 시내 구경하는 것은 물 건너갔다.

그나저나 저녁은 먹어야 할 텐데—.

프런트에서 로터스 식당을 소개받아 저녁 식사를 한다. 호텔에서 얼마 떨어지지 않은 곳의 조그마한 식당이다.

포도주 한 잔에 2,000짯, 볶음밥 등 2,000짯인데, 음식이 참으로 맛있다.

정말 잘 먹고 돌아와 잘 잔다.

미얀마 인레

22. 쇼핑은 여자들의 특권이다.

2017년 11월 15일(수)

6시 30분 아침을 먹는다. 아침 식사의 질이 훌륭하다. 참 좋은 호텔이다.

7시도 안 되어 배 주인이 와서 기다리고 있다.

어제 툭툭이 타고 올 때 따라온 사람이다. 오늘 배를 타고 인레 호수를 돌기로 약속을 했는데, 혹여나 우리가 다른 배를 탈까 봐 약속시간도 훨씬 되기 전에 와서 기다리고 있는 것이다. 배 주인은 배를 운전할 아들을 데리고 우리를 데리러 온 것이다.

열심히 일하는 것은 보기가 좋다.

인레 호수의 나루터

인레 호수는 길이가 약 22km, 폭은 약 11km이고, 넓이는 약 116km²인 거대한 산정호수인데, 우기에는 길이와 폭이 더 늘어난다고 한다.

호수 양쪽 편으로는 높은 산들이 병풍처럼 둘러싸고 있다.

호숫가와 호수 위의 섬에는 물속에 기둥을 박고 지은 인따족의 수상 가옥 마을이 18개가 있다고 한다.

인따족은 미얀마에서 가장 부지런한 부족으로 알려져 있으며, 신실한 불교 신자들로 알려져 있다. 따라서 수상마을에는 100여 개의 불교 수도원과 1천여 개의 사원이 있다고 한다.

냐웅쉐 시내까지 포함하여 인레 호수 근방에 사는 전체 인구는 약 13만 명인데, 미얀마족 이외에 인따족, 샨족, 파오족, 차웅요족, 나누족, 카야족, 나노족 등 소수 부족들로 구성되어 있다.

이들 중 약 7만 명이 호수 주변과 호수의 수상가옥에서 생활하고 있다.

오늘은 이러한 인레 호수를 탐방하는 날이다.

인레 호수의 교통수단인 길쭉한 모터보트는 일인당 5,000짯이고 보통 다섯 명을 태우니 25,000짯인데, 우리가 네 명이니 20,000짯을 내라는 걸 초롱 씨가 3,000짯을 깎아 17,000짯(약 14,000원)에 어제 약속을 한 것이다.

비가 내리고 있어 비 끝인 다음에 가자 해도 우산을 준비해 뒀다며 빨리 가자고 한다.

참내!

따라 나선다.

우비는 이 선생이 준비해서 가져온 것을 빌려 입는다.

이 선생은 준비성이 철저하다. 우비까지 여분을 가져 와서 빌려준다.

미얀마 인레

감사하다.

부두에서 비 맞으며 배를 타고 인레 호수를 달려간다.

호수는 넓고, 간간이 부평초 같은 것이 떠 있고, 저 멀리 호수 위에 지어 놓은 집도 보인다. 그러다가 호수 위에 옹기종기 모여 있는 수상마을 같은 것이 나타난다.

엉성한 전봇대가 늘어서 있는 가운데, 전선도 늘어져 있고, 집들과 망루도 있다.

집마다 연결하는 나무다리 밑으로 배가 지나 간 후, 처음 들른 데가 은 세공하는 집이다.

전통적인 방법으로 은 광석을 녹여 은을 추출하고, 추출해 낸 은괴를 두드리고 펴면서 목걸이도 만들고 팔찌도 만든다.

여기에서 전통적인 방식이란 한마디로 원시적인 방식이다.

수상마을

22. 쇼핑은 여자들의 특권이다.

은 추출하는 전통 방식

은 세공하는 것을 견학 한 후 옆방에 마련된 전시장으로 이동한다.

어제 7,000짯(약 5,600원)에 사온 목걸이가 여기에선 여기선 20달러
란다.

엄청 비싸다.

물건 사는 것은 별 흥미도 없고, 수상 가옥이 어찌 생겼나에만 관심이
간다.

전시장 밖으로 나오니 마당이 있고, 마당엔 화단도 가꾸어 놓았다. 그
냥 뭍에 있는 집들과 똑 같다. 주변에 물이 있는 것 외에는.

나와서 이제 또 간다.

절도 눈에 보이고, 물 위에 일궈 놓은 밭도 보인다. 인따족들의 수경
재배 현장이다.

수경재배, 별거 아니다. 물 위에 수초를 덮고 그 위에 토마토 등 야채

미얀마 인레

를 심어 놓는 것이다. 물론 비료는 2-3년에 한 번씩 수초를 채취하여 그 위에 덮어 주면 끝이다. 저절로 무공해유기농법을 행하는 셈이다.

인레 호수는 인따족의 생활 터전이며, 삶 그 자체이다.

인따족의 일생은 인레 호수에서 시작되어 인레 호수에서 끝난다. 인레 호수에서 태어나서 자라고 물길 따라 생활하고 인레 호수에서 죽어 물속으로 간다. 곧, 죽으면 장례식을 치른 후 관을 쪽배에 싣고 자기들 농장으로 가 물 위에 떠 있는 수초를 반쯤 잘라 내고 그곳에 관을 놓아두는데, 이 관은 물에 둥둥 떠 있다가 세월이 흐르면 썩어 없어진다.

저 멀리에 예쁜 지붕을 한 집들이 나란히 서 있는 것이 보인다. 지나면서 보니까 방갈로 형태의 호텔이다.

여기서 묵으려면 돈 좀 달라고 할 것이다. 낚시 좋아하고 돈 많은 홍사장 같은 사람이 좋아할 호텔이다.

수상 호텔

22. 쇼핑은 여자들의 특권이다.

연 줄기에서 실이 나온다.

혹, 이 글을 읽으시는 분 중에서도 돈이 많으시고, 낚시 좋아하시면 한 번 묶어 보시라!

비는 계속 쏟아지니 한 손에 카메라를 들고, 거리를 맞출 수가 없다. 다른 한 손에 우산을 들었기에!

두 번째 들린 곳이 연실을 뽑아 직물을 짜는 곳이다.

연 줄기에서 실을 뽑는 것은 처음 보는 일이다. 신기하다.

실을 뽑아 물레에 돌려 실을 감는다.

옆방에는 물들이기 위한 천연재료들이 쌓여 있다. 그리고 그 옆방에는 물론 짜 놓은 천으로 만든 옷들과 모자, 머플러 등을 파는 곳이다.

주내와 초롱 씨는 무엇을 살까 행복한 고민을 한다.

물론 시중가격보다 훨씬 비싸지만, 일단 눈에 보이니 무엇인가 사야 직성이 풀리는 것이다.

미얀마 인레

연밭

　그렇다고 내가 간섭할 일은 아니다. 쇼핑은 여자들의 특권이디. 괜히 이래라 저래라 했다가는 심각한 인한 침해가 되어 말이 많아진다. 아니 그보다 먼저 벼락이 떨어질 걸 각오해야 한다.

　현명한 남자는 그저 "그래, 그래, 당신 맘대로 하세요."라는 말만 연발해야 한다.

　나는 현명한 남자로서 소임을 다 한다.

　결국 모자 하나와 머플러를 샀던가! 내버려 두고 동조만 하면, 살 건 사고 안 살 건 안 산다. 쇼핑의 귀재다. 믿어두 된다.

　나는 얼른 밖으로 나와 사진을 찍는다.

　밖에는 연밭이 펼쳐져 있고, 연밭 끄트머리에는 바나나 나무가 일렬로 서 있어 경계를 표시한다.

　여기에서 어느 정도 욕심을 채운 후 다시 배를 탄다.

22. 쇼핑은 여자들의 특권이다.

23. 벗으라면 벗겠어요.

2017년 11월 15일(수)

그 다음 간 곳은 큰 절이다. 지도에 나와 있는 파웅 도 우 파고다 (Phaung Daw Oo Pagoda)이다.

파웅 도 우 파고다에는 다섯 불상이 안치되어 있다는데, 이와 관련하여 다음과 같은 전설이 전해 내려온다.

1359년 냐웅쉐 지역을 다스리는 싸싱파 왕이 있었는데, 밤마다 동굴에서 빛이 나온다는 소식을 듣고 찾아가 보니, 동굴 안에 빛을 내는 불상 네 개가 있었다고 한다.

파웅 도 우 파고다

미얀마 인레

이 왕은 인텐 파고다에서 불상 하나를 더 모셔 와 다섯 개의 불상을 모시게 되었다는데…….

스님 한 분이 이 다섯 불상을 배에 싣고 호수에서 축제를 하던 가운데 배가 뒤집혀 불상을 모두 호수에 빠뜨렸다고 한다.

호수에 빠진 불상은 찾지 못하고 오랜 세월이 흘렀는데, 어느 날 고기를 잡던 어부가 우연히 이 다섯 불상을 찾아내었다 한다.

바로 어부가 불상을 찾아낸 그 자리에 사원을 세웠는데, 그것이 파웅 도 우 사원이라고 한다.

사공은 배를 파웅 도 우 파고다 옆에 대지 않고, 저쪽 뚝 떨어진 곳의 조그만 집 앞에 댄다.

배 위의 봉황과 전각

23. 벗으라면 벗겠어요.

출렁다리

오히려 잘 된 셈이다. 사진 찍기에는 이곳이 안성맞춤이니.

이 집 위층은 허름한 식당이고, 이 집을 돌아들면 길이 나타난다. 곧이어 나무로 이어 놓은 출렁다리가 나타난다.

출렁다리를 지나면, 철망 속의 부두에 봉황 형태의 배가 정박해 있는데, 자세히 보니 배 자체가 하나의 절이다.

번쩍이는 금빛의 봉황이 앞을 보고, 그 뒤에는 역시 번쩍거리는 금빛의 조그만 전각이 두 채 세워져 있다. 물론 전각 위에는 금탑이 번쩍거리고.

이곳을 지나 다리를 하나 더 건너면 큰 절이 있는 곳이다.

법당 앞에는 장사하는 사람들이 좌판을 벌여 놓았다.

비는 내리는데, 큰 절 입구에서 신을 벗어야 하나 마나 망설인다.

미얀마 인레

"일단 그냥 들어갑시다. 벗으라는 글도 없는데."

그래서 그냥 들어선다.

그렇지만 곧 구석진 곳에 있는 팻말을 발견한다.

"신을 벗으시오!"

여기선 벗어야 한다. 이 팻말을 무시했다간 큰일 날 수 있다. 죽을 수도 있다.

여기선 절에 들어갈 때 아래를 벗어야 한다. 우리 풍습과는 정 반대다. 우리는 위를 벗어야 하는데.

여기서 아래는 물론 신발과 양말이고, 위란 모자를 이름이다.

용이 보호하는 부처

오해하지 마시라!

저절로 입에서 흥얼거린다.

"벗으라면 벗겠어요. 당신이 벗으라시면~ 짠, 짠."

"좀 야하네요. ㅎㅎ"

역시 오해는 하지 마시라. 신을 벗는다는 소리이니까.

벗고 법당에 들어가 보니 화려한 외양

23. 벗으라면 벗겠어요.

큰 절에 정박한 배들

과는 달리 별 거 없다. 오로지 돈 통마다 돈이 그득하다.

밖에는 수많은 배들이 정박해 있다. 우산 쓴 관광객들을 싣고 온 배들이다.

다시 그곳을 나와 온 길을 되돌아 나와 배를 탄다.

사공은 여기서 점심을 먹으라 하나, 집이 누추하니 여자들이 그냥 가자 한다.

사공은 이제 수도원 한 군데를 들려 호텔로 간다 한다.

어제 사공 아버지는 하루 종일 호수 여기저기 다닌다 했는데……. 혹시 20,000을 17,000으로 깎아서 그런 걸까?

"네 애비가 어제 말하기를 고산족 여인네도 보여준다고 했는데?"

"비가 와서 안 나왔시유."

라고 둘러댄다. 요놈이 비온 걸 핑계로 되돌아갈 요량이다.

"밸리 얼리 고우, 낱 고우?"

미얀마 인레

묻는다. 나는 "밸리? 오케이, 고우." 한다.

나중에 알고 보니 '얼리 계곡'으로 간다는 게 아니라 '베리 얼리(very early) 호텔로 간다는 말이다. 에잉~.

수도원에 들렸으나, 역시 별거 없다.

아니 수도원 안에는 유럽 성당에서 볼 수 있는 뾰족한 탑 속에 부처님이 앉아 계신다. 건축 양식은 잘 모르지만, 어쨌든 비슷하다.

역시 비는 아직도 온다. 비가 오니 어부가 외발로 노 젓는 광경도 꽝이다. 외발로 노 젓는 것도 이곳에 오면 꼭 보아야 할 구경거리라 했는디…….

이제 호텔이 있는 냐웅쉐로 돌아간다.

비는 그쳤다.

수도원 안 뾰족탑 안의 부처

23. 벗으라면 벗겠어요.

벌써 돌아가려니 아깝다. 이제부턴데……. 결국 반나절 투어가 되어 버린 셈이다. 한 일곱 군데를 들리는 걸로 알았는데…….

한 시가 넘었으니 배가 고프다.

엊그제 예약 못해 퇴짜 맞았던 그린칠리 식당에서 점심을 먹자는 데 모두 동의한다.

지리를 잘 모르니 식당을 찾아 헤매다 물어본다.

결국 식당에 오자 두시가 넘었다.

아직도 손님이 많다.

자리에 앉아 메뉴를 보니 비싸다. 보통 식당의 약 1.5배이다.

음식은 글쎄? 달고 별로다.

어제 저녁 먹은 로터스 식당이 훨씬 낫다. 값도 싸고, 맛있고.

로터스 식당 강추! 그린칠리 식당 안 추!

식당에서 나와 호텔로 가던 중 버스 표 대리점이 있어 모레 출발하는 네피도 행 버스표를 예매한다.

일인당 2만 짯(약 16,000원)인데 하루 한 대뿐이라서 표가 없다고 설레발치며 예매를 강권하는 바람에 8만짯(약 64,000원) 주고 표를 끊는다.

버스표에는 금액이 안 적혀 있다.

이 선생과 초롱 씨 하는 말이

"금액을 써 놓았어야 하는데……."

지도를 들고 임마나 그랜드 인레 호텔 찾아 거리를 헤맨다. 빙 돌고 돌아 호텔로 오니 네 시이다.

프런트에서 물어보니 19,000짯(약 15,000원)이란다.

"아이구, 4,000짯 뜯겼구나!"

미얀마 인레

24. 로터스 식당의 홍보대사?

2017년 11월 16일(목)

8시 30분, 텟엔 동글로 출발한다.

가는 길에서 산길로 접어들면 해바라기 밭이 나타나고 저쪽으로 호수가 보인다.

가는 길에 개를 보고도 "밍글라바". 사람을 보고도 "밍글라바", 부처님께도 "밍글라바" 하면서 간다.

개들이 길바닥에 제멋대로 널브러져 낮잠을 즐기고 있다.

여기선, 개와 사람과 부처님이 동격이다.

쎔쎔의 철학이 불교 철학의 진수이다.

가는 길에 꽃들이 예쁘다.

걷다보니 고산족 복장을 한 중늙은이와 그 부인인 듯한 여인네가 등

해바라기 밭

텟엔 동굴

에 등짐을 지고 산을 오르고 있다.

동굴에 다다르자 역시 신발을 벗는다.

동굴에는 물론 부처님이 있다.

그리고 동굴 안쪽으로 이어져 있는 길을 따라 위로 오르니 캄캄하다. 가지고 간 휴대전화기의 플래시를 켜고 동굴 속을 탐험한다.

여기 오시는 분들을 위해 한마디 한다면, 이 동굴은 조금은 위험하니 조심하시라고, 그리고 반드시 전화기를 들고 오시라고 말하고 싶다.

이 깜깜한 동굴 속에도 여기 저기 부처님을 모셔 놓았다.

부처님은 불도 없이 깜깜한 암흑 속에서 무얼 하실까? 자동으로 나오는 "밍글라바, 부처님!" 하고는 생각에 잠긴다.

왜 이렇게 깜깜한 동굴 속에 부처님을 가둬 놓았을까? 여기 사람들의 심보를 알 수 없다. 참 착한 사람들인데……

미얀마 인레

벌써 10시이다.

동굴에서 나와 동굴 밖에 마련되어 있는 샘에서 발을 대충 씻고 신을 신는다.

그 맞은편으로는 산위로 오르는 길이 있다.

돌아갈까 더 갈까? 망설인다.

돌아가자!

위로 한참 가면 산속에 마을이 있고 검은 옷을 입고 사는 고산족 여인네를 만날 수도 있겠지만, 동굴 밖 산위로 오르는 정글의 진흙길이 미끄럽고 또 초롱 씨 무릎이 아프다니 하산을 결정한다.

동굴 안 부처님을 뵙고 깨달음을 얻어서 하산하는 것은 물론 아니지만, 후세 사람들은 이 결정을 '현명한 결정'이라고 할 것이다.

텟엔 동굴

24. 로터스 식당의 홍보대사?

새싹   꽃

    돌아오는 길에 산위에 있는 절에 잠깐 들리고, 여기저기 피어 있는 꽃들 사진을 찍으며 천천히 걷는다.

    많이도 걸었다. 땀이 많이 난다.

    호텔로 돌아오니 11시 30분이다.

    일단 샤워하고 땀을 식힌 후, 로터스에 점심을 먹으러 간다. 역시 맛이 있다.

    다시 호텔로 돌아와 쉰다.

    오후에 비가 온다더니 날만 쨍쨍하다.

    이 뙤약볕에 돌아다닐 엄두가 나질 않는다.

    네 시쯤 더위가 사그라질 때 쯤 자전거로 레드 마운틴 와이너리나 가

볼까?

옆방의 이 선생은 잠이 들었는지 네 시가 지나도 소식이 없다.

네 시 반이 지나 호텔에서 무료로 빌려주는 자전거를 타고 와이너리로 향한다.

다섯 시가 넘으니 해가 지기 시작한다.

가는 도중, 주내와 나는 해가 지면 위험하다는 생각에 되돌아온다.

이 선생 부부는 너무 멀리 앞서 있어 부르지 못한다. 허긴, 아까 우린 되돌아간다고 이야긴 해 놓았으니, 되돌아오며 우릴 찾는 불상사는 없을 것이다.

여섯 시 삼십 분에 로터스 식당에 식사 예약이 되어 있는데, 그때까지 올 수 있으려나 모르겠다.

예약 시간 십 분 전, 이 선생이 돌아와 식사하러 가자고 전화를 한다.

로터스 식당

24. 로터스 식당의 홍보대사?

무사히 어둠을 뚫고 귀환했구나 싶어 안심이 된다.

로터스 식당은 오늘도 만석이다.

싸고 맛있으니 어찌 알고 오는지 예약을 안 하면 안 된다.

몇몇 손님이 예약 없이 왔다가 발길을 돌린다.

한편으론 안 됐다는 생각이 들면서, 다른 한편으론 고소하다는 생각이 드는 것은 왜일까?

부처님 나라에 왔는데도 아직 철이 안 든 증거일 게다.

반성한다!

저녁은 미리 주문한 대로 파인애플을 파내고 그 안에 닭고기를 넣은 요리와 돼지고기를 구워내고 그 위에 치즈를 얹은 요리와 아보카도 볶은 요리 세 가지이고, 밥은 네 공기이다.

로터스 식당: 볶음밥들

이 요리는 주방장인 네잉네잉 아주머니가 자신 있게 내 놓는 요리 이다. 우리가 점심 먹을

로터스 식당: 요리

미얀마 인레

로터스 식당 주인 네잉네잉 아주머니

로터스 식당 명함

때 미리 특별 주문한 것이다.

앞의 두 요리는 각각 4,000짯이고, 밥은 한 그릇당 500짯, 아보카도 요리는 서비스란다.

돈 10,000짯(약 8,000원)에 네 명이 잘 먹는다.

이 글을 읽으시는 분들을 위해 로터스 식당을 여기에 홍보한다.

본의 아니게 로터스 식당의 홍보대사가 되었지만, 그 값에 그 음식 맛을 생각하면 이 정도는 예의라고 생각한다.

아니, 열심히 일하고, 만들어 내는 것이 값싸고 품질이 좋으면 누구나 홍보대사가 되기 마련이다.

여기 명함을 올려놓으니 전화 걸고 예약하고 가시라! 조그만 식당이지만.

24. 로터스 식당의 홍보대사?

25. 까꾸의 불탑들

2017년 11월 17일(금)

오늘이 이 선생 생일이란다.

어쩐지 얼굴에 광채가 나더라니……

말로만 축하하며, 생일이라고 무엇인가 바라서는 안 된다며 한마디 한다.

"기대를 버리시면 불만이 없는 법!"

아침을 먹으며 오늘 일정을 이야기 한다.

호텔 체크아웃하고, 고산족 사는 동네 까꾸(Kakku)에 갔다 오기로 했다.

호텔 매니저에게 까꾸 가는 교통편을 부탁한다.

까꾸까지 입장료는 각 3불, 고산족 가이드 피 5불은 따로 내야 하고, 택시비는 작은 거 4만짯, 큰 거 6만짯이며, 타웅지(Taunggyi)에 들려 현지인 가이드를 데리고 가야 한다고 한다.

우리 넷에 가이드까지 데리고 가야 하니 작은 차는 안 된다며 초롱 씨가 큰 차를 55,000짯(약 44,000원)으로 깎는다.

9시 반 출발!

10시10분, 이타야(Ayethayar)에서 본 타웅지는 눈앞에 있는 산위의 도시이다.

1,450 고지에 있는 이 도시는 밑에서 볼 때 참 아름답다.

타웅(Taung)은 '산'이라는 뜻이고 지(Gyi)는 '크다'라는 뜻이란다.

차는 계속 산을 돌아 올라간다. 산 아래로 보이는 이타야도 아름답다.

미얀마 까꾸

타웅지의 시장

타웅지의 시장 한 가운데에 차가 선다.

큰 빌딩이 서 있고, 골든 아일랜드 카티지스(Golden Island Cottages: GIC)라는 간판 밑에 까꾸 정보 및 예약(Reservation & Kakku information)이라는 글이 쓰여 있다.

빌딩 안으로 들어가 까꾸 들어가는 입장료와 현지인 가이드 피를 지불한다.

파오 족 가이드인 에에는 동물학을 전공하는 19살 먹은 대학생이다.

에에 얘기로는 여기에서 까꾸까지 40km이고, 타웅지에서 왕복 35,000-40,000짯이 정상 가격이라 한다.

우린 냐웅쉐에서 왔으니 55,000이면 비교적 정상 가격인 듯싶다.

여기 대학 등록금은 3개월짜리 대학은 150달러이고, 8개월짜리 대학은 350달러 정도 된다고 한다.

25. 까꾸의 불탑들

까꾸까지는 약 1시간 반 정도 걸리는데, 반드시 GIC에서 돈을 내고 신청해야 한다.

10시 52분, 타웅지를 출발한다.

타웅지 시내를 벗어날 때까지는 민둥산이 보인다.

민둥산 위에 절이 보이기도 한다.

시내를 벗어나면 산의 능선을 타고 가는 길인데, 저 오른쪽 산들 너머에 인레 호수가 있을 것이다.

까꾸는 비취 옥 광산이 유명하고. 정부군과 반군 간에 전쟁이 있었는데, 1961년에 휴전한 후 자치구가 되었다고 한다.

이는 정치적 이야기이고, 까꾸가 유명한 것은 2,478개의 탑들이 있는 유적지이기 때문이다.

그러나 이곳이 알려지기 시작한 것은 불과 얼마 안 되어서이다. 곧,

까꾸의 절

미얀마 까꾸

까꾸: 2,478개의 탑들

서구의 한 언론인이 지역문화를 보도하기 위한 프로젝트의 일환으로 까꾸 방문을 허락 받은 1996년 이후에야 겨우 외국인에게 개방되었다고 한다.

이 탑들은 BC 300년 전부터 시작하여 12-17세기까지 지은 것이라 한다.

까꾸에 도착하여 점심을 먹는다.

식당은 탑이 있는 절 맞은편에 있는데, 꽤 큰 식당이다.

점심을 시켜 먹고는 탑들이 있는 곳으로 걸어간다.

정말 장관이다. 여기 안 왔으면 후회할 뻔했다.

물론 이곳에 들어갈 때에는 입장료를 따로 또 내야 한다.

에에는 이 많은 탑들을 배경으로 사진 찍는 곳이 있다며 우리를 안내 한다.

25. 까꾸의 불탑들

2,478개 탑 중의 하나

미얀마 까꾸

탑 속에 누워 계신 부처님

찍고 보니 물에 비치는 탑들과 실제 탑들이 조화를 이루며 잘 나왔다.

이제 탑 사이로 들어가서 사진을 찍는다.

탑마다 감실에는 부처님이 앉아 계시거나 누워 계신다.

물론 탑마다 조성된 해가 다르다. 어떤 탑은, 잘 모르지만, 조성한 해에 따라 힌두교의 영향을 받은 것도 있고, 미얀마 양식인 것도 있고, 또 뭐라드라, 000 양식도 있고, 다 다르다.

또한 탑을 만든 종족이 다르면 탑의 모양도 다른 법이다.

탑들을 헤집고 이것저것 구경하며 가다 보면, 탑 하나하나가 다 다르다는 것을 알 수 있다.

25. 까꾸의 불탑들

26. 돼지 앞에서 빌고, 또 빌고

2017년 11월 17일(금)

2,478개의 탑 끝에는 절이 있다.

절 안에는 부처님이 입멸할 때를 상징하는 방이 있다. 부처님은 누워 계시고, 좌우에 스님들이 합장하고 있는 방이다. 물론 모두 조각해 놓은 것들이다.

또한 금돼지가 창살 안에 갇혀 있다.

사람들은 이 돼지 앞에서 빌고 또 빈다.

돼지꿈 꾸게 해달라고?

물론 그렇게 비는 사람도 없진 않을 것이다. 돼지꿈 꾸게 해달라고 비

까꾸의 절 앞에 있는 탑들

미얀마 까꾸

금돼지

는 것은 한국 사람들일 테고, 이곳 사람들은 그저 순박하게 "돼지님, 도와주십사." 이렇게 비는 것인데, 여기에는 사연이 있다.

까꾸라는 말에는 세 가지 의미가 있다는데, 하나는 '국경 캠프', 또 하나는 '첫 번째 부처님'이라는 뜻, 그리고 나머지 하나는 "돼지가 돕다."라는 뜻이라 한다.

'국경 캠프'라는 뜻은 이곳에 반군 캠프가 있었기 때문에 생긴 뜻일거고, 아마도 '첫 번째 부처님'이라는 게 본래의 뜻일 듯하다. 세 번째 의미인 "돼지가 돕다."라는 뜻은 이곳의 전설과 연관된 것이다.

그 전설은 옛날 옛날 한 옛날 비가 억수로 쏟아지던 해의 우기가 끝날 무렵, 마을의 한 여인이 은팔찌를 찾으려 몸을 구부리다가 부처님의 웃는 얼굴을 보았다.

부처님은 이곳이 절을 세울 성지가 될 것이라고 말씀하셨다.

26. 돼지 앞에서 빌고, 또 빌고.

이 여인은 마을로 달려가 자기가 본 것을 알린 다음, 다시 돌아가 그 곳을 찾으려 했으나 찾을 수가 없었는데, 다행히도 돼지 한 마리가 그녀를 따라 왔다고 한다.

이 돼지는 나무 가운데에 누워 있는 부처님에게로 그녀를 데려갔고, 까꾸라는 이름은 이때부터 "돼지의 도움"이라는 뜻을 가지게 된 것이라 한다.

그래서 이곳 절에서는 금으로 옷을 입힌 돼지를 철창 속에 가두어 놓고 사람들이 그 앞에서 빌게 만든 것이다.

물론 그 앞에는 시주함도 있다.

'돼지의 도움을 받으려면 돈을 먼저 시주해라.' 이것이 부처님의 뜻, 아니 이 절 주지 스님의 뜻이리라.

한편, 어떤 방에는 부처님 송곳니라고 전시해 놓은 것이 있는데, 사람

탑지기

미얀마 까꾸

168

솟대

이빨치곤 너무나 크다.

부처가 되려면 이빨이 저리도 커야 하나?

부처님이라고 저리 큰 송곳니를 가지고 있지는 않을 터, 아마 내가 잘못 들은 것일 게다.

절 뒤쪽으로는 우리의 솟대 같은 것이 있다.

이 솟대는 네 명의 보살들이 둘러싸고 있으며, 꼭대기에는 봉황이 이쪽을 바라보고 있다.

옛날 우리의 솟대가 나무 위에 새를 조각해 놓은 소박한 것이라면, 여기에 있는 솟대는 장식들을 덧붙이며 발전하고 발전한 것이리라.

2,478개 각각의 탑들을 꾸며 놓은 조각들은 감상할 만하다.

그렇지만, 이 많은 탑들을 일일이 비교 검토할 수는 없는 일이다. 불교 미술에 관한 지식이 없어서도 그렇고, 시간이 없어서도 그렇다.

2,478개의 탑을 어찌 일일이 감상한단 말인가?

26. 돼지 앞에서 빌고, 또 빌고.

대충 눈에 띄는 특이한 것들만 구경하는 것이다.

탑들 하나하나가 다 볼 만하지만, 전체적으로 모여 있는 것도 실로 장관이다.

전체는 전체대로, 부분은 부분대로 볼 만한 것이다. 숲은 숲대로 그 아름다움이 있고, 나무는 나무대로 그 아름다움이 있는 법이다.

그러니 숲도 보고 나무도 보아야 한다.

여기에선 탑 하나하나도 보아야 하고, 모아 놓은 탑들도 전체적으로 보아야 한다.

여기에서 나와 얼마 안가 파오족의 마을에 다다른다.

한쪽에 장이 서 있다.

점심을 먹는 사람들도 있고, 채소와 일상용품들을 파는 사람들도 있다. 비교적 깨끗하다.

시장 구경을 대충하고, 파오족의 마을로 들어선다.

파오족의 전통 의상은 검은색이 보

파오족 가이드 에에와 함께

미얀마 까꾸

파오족 마을의 집들

통이고, 검푸른 색(dark blue)은 특별한 날에 입는다고 한다.

파오족 마을은 조용하다. 대부분 농사지으러 나간 모양이다. 농사는 보통 약초와 고랭지 채소를 재배한다.

이곳 집들은 대부분 대나무를 엮어 지은 이층집인데, 1층은 헛간으로 쓰고, 이층에서 기거한다. 곧, 1층엔 곡식 등을 저장하고, 이층엔 거실, 부엌, 침실이 있다.

집에 들어가기 전에 대문은 제주도와 비슷하다. 대문이라는 것이 말 그대로 큰 문이 아니고, 나무 막대기 세 개로 이루어진 것이다.

제주도에서 정낭이라는 세 개의 막대기로 주인이 멀리 가 있는지, 가까운 곳에 있는지, 아니면 집에 있는지를 표시하는데, 여기도 마찬가지이다.

26. 돼지 앞에서 빌고, 또 빌고.

파오족 집 안의 부엌

대나무 엮은 집은 창문이 없다.

이층의 부엌에서 불을 쓰는데, 창문으로 바람이 불어오면 집에 불이 붙을까 봐 창문을 내지 않았다고 한다.

전기가 들어간 집에는 물론 창문이 있다.

열려 있는 집에 들어가 집안을 구경한다.

일층, 이층을 샅샅이 둘러본다. 사람 사는 게 별거 아니다. 고대광실이건 단출한 오두막이건, 살림살이는 그런대로 갖추어져 있고, 뭐 그런 거다.

집을 보니 파오족은 다른 소수민족에 비하여 비교적 잘 사는 민족인 듯싶다.

27. 쇠창살 안에 갇히는 이유

2017년 11월 17일(금)

3시에 타웅지로 돌아온다.

타웅지에서 수라무니 파고다를 방문한다. 수라무니 파고다는 화려하다.

우선 절 밖에서 한 바퀴 휘 돌면서 외관을 감상한다. 흰색 벽에 황금탑을 지붕에 이고 있는 모습은 그 자체만으로도 아름답다.

한편 저쪽 산 절벽 위에도 절이 있는데, 깎아지른 절벽도 아름답고, 그 위에 있는 절도 궁금하여 시간이 있다면 차를 몰고 올라 가보고 싶은

타웅지: 수라무니 파고다

수라무니 파고다에서 올려 본 절벽 위의 절

데……

운전기사는 우리에게 저 산위에 보이는 절엔 갈 수 없다고 한다. 돈을 더 달라는 말인지, 아니면, 되돌아갈 시간 때문에 안 된다는 말인지는 알 수 없으나, 우리도 냐웅쉐(Nyaung Shwe)로 돌아가 저녁을 먹고 심야버스를 타고 네피도(Nay Pyi Taw)로 가야 하니 그냥 밑에서 보는 것으로 만족해야 한다.

대신에 절 밖의 타웅지 시내를 조망한다.

절 안으로 들어서면 서서 우리를 바라보는 황금 부처님이 비닐로 덮인 쇠창살 안에 갇혀 있다.

부처님도 금으로 만든 부처님은 항상 쇠창살 안에 갇혀 있다.

그 이유는 사람들이 탐을 내기 때문이지 부처님이 잘못했기 때문은

미얀마 타웅지

아니다.

사람도 마찬가지이다. 돈 많고 권력이 많아지거나 지위가 높아지면 스스로 쇠창살 안에 갇히게 된다. 곧, 대중의 뭇 시선으로부터 자유롭지 못하다.

부처와 조금 다른 점은 사람은 그 지위나 권력을 남용하게 되면 진짜 쇠창살에 갇히게 된다는 것이다.

부처님이야 쇠창살 안에 갇혀 있어도 늘 평정심을 유지하고 미소를 띠며 어린 중생들을 불쌍하게 보시고 있지만, 사람인들 어찌 그렇게 할 수 있겠는가?

그 차이는 아마도 스스로 죄를 지은 것인지, 자비심으로 뭉쳐 있는 것인지의 차이일지도 모른다.

엄동설한에 쇠창살 안에서 고생

수라무니 파고다: 쇠창살 안의 부처님

27. 쇠창살 안에 갇힌 이유

수라무니 파고다의 감실   수라무니 파고다의 감실

하고 있는 박근혜 양의 평정심을 빈다.

절 안은 동서남북으로 통해 있는 복도가 있고, 복도마다 감실이 있으며, 감실마다 부처님과 관련된 이야기들이 조각으로 표현되어 있다.

6시에는 우리 단골 식당 로터스에서 저녁을 먹고, 7시에 호텔에 맡겨 놓은 짐을 찾아 네피도 가는 버스를 타러 간다.

내일 새벽 4시에 네피도에 도착할 예정이다.

가던 도중, 8시 반쯤 아오반시티 체리 휴게소에서 저녁 먹으라고 삼십 분을 준다.

바깥은 무척 쌀쌀하다.

이 선생과 초롱 씨는 버스 아래 짐칸에서 가방을 꺼내어 겨울옷을 꺼

아오반시티 체리 휴게소의 식당

내 입는다.

휴게소를 둘러보다 꿀을 한 병 산다. 큰 것은 5,000짯(약 4,000원)이고 작은 거는 2,000짯(약 1,600원)이다.

9시에 다시 출발하여 9시 20분에 칼로 고속도로 톨게이트를 지난다.

27. 쇠창살 안에 갇힌 이유

28. 시베리아에서도 끄떡없겠다

2017년 11월 18일(토)

심야 버스는 좌석이 세 개이고, 뒤로 눕힐 수 있고, 차내 화장실이 달려 있다.

눕히되 완전 침대는 아니라서 잠들기는 쉽지 않다.

게다가 버스 속은 에어컨 때문에 무척 춥다.

물론 좌석에는 베개와 캐시미어 담요도 준비되어 있으나, 이것만으로는 에어컨 바람을 당해 낼 수는 없다.

담요를 덮으니 따뜻하긴 하다. 그렇지만 배부터 어깨까지가 선선하다가 이제는 춥기 시작한다. 담요를 끌어 올리지만 자꾸 내려간다.

들고 탄 배낭에서 옷을 꺼내 겹쳐 입는다. 런닝셔츠, 반팔 티, 긴팔 골프 옷, 그리고 긴 팔 와이셔츠, 그 위에 바람막이까지 덧입으니 따뜻하다.

비록 여름옷들이지만, 시베리아에서도 *끄떡없겠다.* ㅎㅎㅎ

모두 웅크리고 잠을 청한다.

껴입은 덕에 춥지는 않으나, 왼쪽 어깨와 팔이 욱신거리고 아파 잠이 들지 않는다.

오기 전부터 아팠는데, 따뜻한 곳에 오면 풀리리라 기대했는데, 참 오래도 간다.

자는 둥 마는 둥 네피도(Nay Pyi Taw) 시내로 들어온 듯하다.

2시 30분이다.

길은 팔차선 도로로 포장도 잘 되어 있어 시골길과는 전혀 다르다.

미얀마 네피도

심야 버스

깜깜해서인지, 도로 옆에는 건물들이 거의 보이지 않는다.

낮에도 유심히 보니 가뭄에 콩 나듯 다니는 차가 거의 없다.

새 수도로 정해 놓고 기반 시설만 해 놓은 듯하다. 로터리엔 연꽃 조각이 조명을 받아 환하게 피어 있다.

차들은 거의 보이지 않는다.

3~4시 경에 도착한다더니 2시 45분, 최종 도착지인 버스정류장이란다.

4시에 픽업 서비스를 부탁해 놓았는데, 한 시간 넘게 어찌 기다리나?

버스 기사에게 호텔로 전화를 부탁한다.

신호는 가는데 안 받는다.

28. 시베리아에서도 끄떡없겠다.

옆의 택시기사에게 호텔까지의 요금을 묻자 15,000짯(약 12,000원)이란다.

호텔에서 보내 준 메시지를 보여주며 8,000짯(약 6,500원)에 픽업한다고 했다고 하니 고개만 절레절레 흔든다.

그러더니

"12,000에 해주겠다."

"네가 12,000, 나는 8,000이니 10,000에 가자. 하프 오케이?"

"안 된다."

"그럼 우린 네 시까지 기다릴란다."

좀 있더니 "10,000(약 8,000원)에 가자."고 한다.

네피도: 그레이트 월 호텔

미얀마 네피도

네피도: 그레이트 월 호텔

호텔에선 얼리 체크인을 돈 안 받고 해준다는 연락은 이미 받아 놓은 상태이다.

3시 반쯤 되어 다시 잔다. 좋은 침대에서!

별 네 개짜리라서 그런지 겉모양은 삐까뻔쩍하고, 객실도 옷걸이며 체중계까지 놓여 있다. 세금, 봉사 요금 포함하여 32불에 얻은 호텔이다.

6시 50분에 기상하여 8시에 누룽지를 끓여 아침 대신 먹는다.

11시에 프런트에서 관광할 곳을 알아본다.

첫째, 차 타고 20분 거리(8,000짯: 약 6,500원)에 동물원이 있고, 사파리를 할 수 있단다. 입장료는 10불이며, 사파리는 일인당 2,500짯(약 2,000원)이란다.

둘째, 내셔널 랜드마크 역시 20분 거리, 입장료가 20불?

셋째, 국회의사당과 수도원 구경. 물론 국회는 일주일 전에 방문을 신

28. 시베리아에서도 끄떡없겠다.

청해야 들어갈 수 있고, 지금은 그냥 바깥에서 외관만 봐야 한다고.

점심을 먹어야 하는디, 타무쪼(Tar Moe Kyaw) 식당(중국 식당)이 맛 있다는데 걸어서 20분 거리란다. 차를 타면 5,000쨋이라 한다. 왕복 10,000쨋(약 8,000원)이니, 호텔 식당에서 먹자, 이 식당 음식값이 비싸 더라도 그게 낫다.

이곳 네피도에선 갈 만 한 곳이 별로 없다.

교통이 나쁘기 때문에 택시를 불러 가야 하니…….

택시비는 시간당 8,000쨋(약 6,500원)이고, 가까운 곳은 5,000쨋(약 4,000원)이다.

별로 갈 만한 곳이 없는데다가 주내가 감기 기운이 있어 코를 훌쩍이 니 그냥 쉬는 게 낫겠다 싶다.

아무래도 어젯밤 심야버스의 에어컨 때문에 몸을 바들바들 떨어서 생 긴 감기 증세인 듯싶다.

주내도 그렇고, 호텔 식당에서 점심을 먹기로 한다.

멍멍태라는 한국에서 사 년 반 동안 경상도 왜관에서 일했다는, 자동 차 네 대를 굴리는, 그래서 우리말을 조금 한다는 친구와 내일 일정을 상 의한다.

이 친구는 이제 버젓이 운수회사 사장인 셈이다.

내일 아침 8시에 출발하여 베익타노(Beikthano) 유적지를 거쳐 삐이 (Pyay)까지 12,000쨋에 가기로 결정한다.

그럭저럭 저녁때가 된다.

저녁은 호텔에서 알려준 시내의 타무쪼 중국 식당에서 먹기로 했다.

점심때와는 생각이 달라진 것이다.

미얀마 네피도

이번에는 아무래도 같은 곳에서 두 번 식사를 하기는 싫다는 생각이 더 크기 때문이다. 음식이 특별히 맛있다면 모를까, 그렇지 않으니 시내로 나가보고 싶은 거다.

걸어서 20분 거리라 하여 걸어가려고 나섰으나, 주내가 컨디션이 안 좋아 택시를 불러 시내로 나간다. 몰이 있고 그 부근에 음식점들이 있는 곳이다.

택시를 타고 보니 걸어올 만한 곳이 전혀 아니다. 거리도 거리려니와 캄캄한 밤중에 인가도 인적도 없는 팔차선 거리를 걷는다는 것은 아무래도 큰 모험일 듯하여서다.

타고 오길 잘 했다.

택시 타기 전까진 아픈 주내 때문에 걷고 싶은데 걷질 못한다는 원망의 마음이 있었으나, 음식점에 도착하고 보니 이 마음은 감사의 마음으로 바뀐다.

사람 마음이란 이렇다. 원래 변덕스러운 거다. 원망했다 감사했다, 상황의 변화에 따라 금방금방 변하는 것이다.

그러니 미리 어떤 상황이 나타나기 전에 함부로 남을 원망하는 일은 없어야 할 것이다.

28. 시베리아에서도 끄떡없겠다.

29. 세월은 훨씬 근본적인 진실을 말해 준다.

2017년 11월 19일(일)

아침 8시에 출발한다.

2014년 6월에 유네스코 세계유산(UNESCO World Heritage)으로 지정된 베익따노(Beikthano) 유적지로 가는 것이다.

가는 길은 산을 넘고 넘어가는 길이다.

이 도시는 퓨(Pyu)족의 고대 도시로서 동남아에서 불교를 받아들이는 발판이 된 도시이다.

예야와디 강(Ayeyarwady River: 이라와디 강 Irrawaddy River) 유역 건조 지대에 있는 이 도시가 퓨족에 의해 건설된 것은 기원전 200년

퓨 족의 주거 모형

미얀마 베익따노

부터이다.

그 후 서기 900년까지 1,000년 이상의 세월 동안 이 도시는 번성했다고 하는데, 지금은 그 잔해만 남아 있다.

이 유적의 입장료는 5,000짯(약 4,000원)이다.

유적지에 들어서자 제일 먼저 갈 곳은 박물관이다.

박물관 앞에는 당시의 주거 모형이 전시되어 있고, 박물관으로 들어가니 학예사인 듯한 여인네가 설명과 더불어 안내를 해 준다.

"이 도시는 동남아시아 최초로 건립된 불교 도시로서, 인도와 교역하였던 퓨족에 의해 건설된 것입니다.

불교의 유입에 따라 벽돌을 이용한 불교 건축물들이 축조되었지요. 이는 당시의 목조 건축을 대체하는 획기적인 것입니다.

이 불교는 동남아시아와 중국 등의 교역망을 통해 전파되었습니다."

"……."

"또한 퓨족은 화장하고 남는 유해를 유골 단지에 넣어 공동의 장례 시설에 보관하는 장례 의식이 있었습니다."

"……."

"퓨족은 농업과 벽돌 및 철의 제조에서 기술 혁신을 이루어 냈고, 고대 건축 및 도시 계획에서 괄목할 만한 발전을 이루어 냈습니다.

퓨족의 고대 도시들은 해자로 둘러싸여 있고 거대한 성벽이 있으며, 성벽 안쪽 가운데에는 왕궁과 행정 시설이 있고 그 주위로 주거 공간과 편의 시설, 그리고 종교 시설 등으로 나뉘어 있습니다."

29. 세월은 훨씬 근본적인 진실을 말해 준다.

집 모형 속에 전시한 발굴품들

"……."

"아직도 성벽 일부가 남아 있고, 궁전의 성곽, 매장지, 공방 터 등을 볼 수 있습니다. 현재 일부는 발굴되어 여기 박물관에 전시되어 있습니다만, 아직 발굴되지 않은 곳들이 많이 남아 있습니다."

이 여인은 박물관에 전시되어 있는 성곽 모형과 궁전 및 사원 터 등의 모형을 보여주며 열심히 설명을 한다.

그리고는 발굴해 놓은 토기와 화살촉, 창 끝, 그리고 퓨족이 사용한 소리글자가 새겨진 물건 등을 보면서 간단히 설명을 해 나간다.

이런 것에 지식이 없어서인지 설명이 귀에는 잘 들어오지 않고, 눈으로 대충 확인만 하는 수준이다.

"무식하면 보이는 것이 없다."는 말은 진리이다. 유홍준의 말처럼 "알아야 보인다."

이곳의 문화와 역사를 모르는데, 이들이 얼마나 의미가 있고 가치가 있는지는 잘 모를 수밖에 없다.

더욱이 토기나 화살촉 등은 우리나라에 있는 거나 이곳에 있는 거나 무식한 사람의 눈에는 그게 그거일 뿐이다.

열심히 설명을 들어가며 공부를 해야 하는데, 누구나 마찬가지겠지만 공부하라면 좋아할 사람이 어디 있나?

대충 한 귀로 듣고 한 귀로 흘리며 눈으로 보이는 것만 본다.

원래 눈은 귀를 보충하기 위해 있는 거고 귀로 보아야 하는 것이지만, 귀로 보기에는 무식이 넘치는 바, 모르면 질문도 못하고 진도가 안 나간다. 그러다 보면 아무리 선생이 지껄여도 귀에 들리지 않는 그런 경지에

유골함

29. 세월은 훨씬 근본적인 진실을 말해 준다.

종교 시설 모형

이른다.

이를 보면 눈은 귀보다 훨씬 감각적이다. 우리와 다른 것, 처음 보는 것은 얼른 눈에 들어온다. 그것이 무엇인지도 모르면서……

간신히 추측할 수 있는 것은 유골함 정도이다. 그것도 처음에 설명을 잘 들으려고 노력한 까닭이다. 그렇지 않으면 그냥 지나쳤을 거다.

관심이 있는 거만 눈에 보이는 법이다.

천원지방(天圓地方)이라, 네모꼴 속에 둥근꼴 구조물 모형을 전시해 놓은 것은 눈에 뜨인다.

아마도 저것 역시 둥근 것은 하늘을 상징하고 네모난 것은 땅을 상징하는 것이리라.

그러니 아마도 저기서 제사를 지냈든지, 아니면, 저기서 장례식을

미얀마 베익따노

벽돌의 무늬

치렀든지, 아니면, 저기서 천문을 관측했든지 했을 거다.

이따 밖에 나가면 저 구조물을 확인해 봐야겠다.

그리고 그 다음 진도를 나가보니, 이제는 벽돌의 역사에 관한 내용이다.

이 도시가 퓨족들에 의해 벽돌을 찍어내어 건축물을 만든 것이 특징이므로 이를 설명해 놓은 것이다.

예컨대, 벽돌 중 일부는 직선이나 곡선을 그어 놓은 것, 어떤 것은 퓨족이 사용한 숫자 같은 것이 새겨져 있다는 설명 등.

그 다음엔 장례식 유적에 관한 설명이 있고 그 옆으로는 무덤에서 나온 부장품으로 은화들을 전시해 놓았다.

그리고 곰 모양의 장식이 달린 귀걸이 등등이 있고…….

29. 세월은 훨씬 근본적인 진실을 말해 준다.

지루한 박물관을 나와 차를 타고 이제 우리는 2,000년 전의 왕궁과 불탑, 수도원 등을 보러 간다.

가는 길은 숲에 싸여 있는데,-물론 길은 포장이 안 된 진흙길이다. 저쪽에서 먼지를 일으키며 소 떼가 나타난다.

자연 속에 유적지가 방치되어 있는 느낌이다.

옛 왕궁 터와 수도원, 불탑 등을 보러 갔지만 온전한 건 거의 없다. 그냥 벽돌로 된 터만 남아 있을 뿐이다.

들어가기 전 이정표에 왕궁, 수도원 등이 적혀 있으니 그러려니 할 뿐 볼 만한 것은 없다.

기대가 큰 만큼 실망도 크다.

적어도 불탑이나 건물 한두 개는 남아 있으려니 했는데⋯⋯.

왕궁 터

미얀마 베익따노

아마도 불교사를 연구하거나 도시학을 하는 분들 또는 동남아 역사를 전공하시는 분들에게는 남다른 감회가 있겠으나, 지나는 나그네로서는 큰 감흥이 없다.

단지 세월의 무상이랄까 뭐 그런 느낌만 있을 뿐이다.

옛날 2,000년 전에는 여기서 왕이 폼을 잡고, 화려한 집 속에서 호령을 하고 살았을 텐데, 그리고 여기에서는 승려들이 앉아서 참선을 하며 도를 구하고 살았을 텐데, 전부 다 어디 가고 잔해만 남았는가?

세월은 훨씬 근본적인 진실을 말해 준다.

본디 없는 것이건만 있는 것처럼 허상 속에서 살다 보니 세월이 그것을 깨우쳐 주는구나!

29. 세월은 훨씬 근본적인 진실을 말해 준다.

30. 겉이 좋아도 속이 나쁘면…….

2017년 11월 19일(일)

시간은 어느 덧 12시가 넘어선다.

이제 삐이(Pyay)로 향한다.

삐이는 미얀마 이라와디 강 유역에 있는 도시로, 옛날에는 프롬(Prome)이라 불렀는데, 인구 12만 명인 작은 도시이다.

길거리 식당에서 점심을 라면 300짯(240원 정도)으로 때운다. 이곳 라면은 맛이 없다. 달걀 삶은 거 하나를 200짯(150원 정도)에 먹는다.

고대 미얀마 역사를 둘러보다 먹을 만한 식당을 못 찾은 것이다. 허긴 공부도 제대로 안 하구서 맛있는 걸 찾으면 되는가!

광활한 대지를 달린다. 도시를 지나 오른쪽 큰 강을 끼고 달린다. 이라와디(Ayerwady) 강이라던가, 경치가 좋다.

달리는 길의 양쪽에 있는 큰 가로수 그늘이 좋다.

3시 반쯤 거리 양쪽에서 사람들이 서서 우릴 보며 밥사발을 흔든다. 왜? 공양시간도 아닌 듯한데…….

4시 반, 드디어 예약해 놓은 그린랜드 빌라 리조트에 도착한다.

이 호텔 직원인 모우메토에게 아고다(호텔 예약 앱)로 예약한 걸 일러 주는 데도 모른다고 한다.

예약한 메시지를 보여 주자 그제야 방으로 안내한다.

나중에 알고 보니 인터넷이 안 된다고 한다. 정말이다.

벌써 심심해진다. 나도 모르게 인터넷에 중독이 된 건 아닌지 모르겠다.

미얀마 삐이

그린 빌라 리조트

리조트니 그냥 세상과 단절한 채 쉬라는 하느님 뜻인가?

바깥 정원과 빌라 외양은 그럴 듯하다.

야자나무며, 돌로 둘러친 자그마한 못, 꽃나무 등 정원도 잘 꾸며져 있고, 저쪽 식당 너머로는 큰 못이 있고 팔뚝만한 고기도 보인다.

그 너머로는 개구리밥이 가득한 못이 있고, 그 오른쪽으로는 연밭이 무성하다.

그러니 그 그림은 훌륭하다.

방으로 들어가 보니 방은 괜찮은데. 화장실 변기에서 물이 샌다.

이 선생 방도 상태는 비슷하다.

방을 바꾸어 달라고 하자 모우메토는 40불짜리 슈피어리어 룸으로 안내한다.

30. 겉이 좋아도 속이 나쁘면…….

이 방은 거실이 따로 있고, 침대도 하나 더 있어 삼 인 가족이 잘 수 있는 방이다. 또 다른 방문 너머로 욕실과 화장실이 나뉘어 있고 가운데 는 손 씻는 곳이다. 또한 욕실엔 월풀 욕조가 떡 하니 들어가 있다.

그렇지만 너무 호화롭다고 놀라지 마시라!

이런 욕조도 수도꼭지 고장인지 찬물만 나오니 쓸모가 없다.

여기서 알 수 있는 것은 아무리 시설이 좋아도, 겉모습이 좋아도 써먹 을 수 없거나 기능이 안 좋으면 쓸모가 없다는 것이다.

마치 부자가 돈을 풀지 않고 움켜쥐고 있다가 저 세상으로 가는 거나 마찬가지이다.

겉만 번지르르하고 인품은 개차반 같은 사람을 보고 존경심을 품었다 가 호되게 당하는 거처럼!

방 안 형광등은 흐릿하고, 물론 욕실도 컴컴하다. 그러니 아무리 깨끗 하게 청소해도 좀 지저분해 보인다.

깨끗한 거와 더러운 것의 구분이 없다는 것을 가르쳐 주는 듯하다.

역시 쎔쎔인가? 분별심을 버리라는 석가의 말을 저절로 깨닫게 하기 위함인가?

어찌되었든 오늘은 여기서 묵어야 한다.

예약을 해 놓으면 예약한 대로 해야지 그렇지 않으면 소비자가 불이 익을 당하게 되어 있다. 예컨대, 다른 숙소로 옮기면, 예약한 방의 하루치 방값을 물어내야 한다는 것이다. 예약할 때 카드 번호를 불러 주니 저놈 들이 그냥 떼어 가는 것이다.

물론 예약한 호텔에 문제가 있어도 이를 증명하려면 절차가 복잡하다.

여행을 할 때 숙소 예약은 필수이지만, 언제나 여행자는 약자 편에 선

미얀마 삐이

그린 빌라 리조트 식당

다. 갑을관계에서 을이 되는 것이다.

그렇다고 예약 안 할 수도 없고…….

이 호텔 근처에는 식당이 없다. 결국 호텔 식당에서 해결하는 수밖에 없는 것이다.

요리 솜씨나 좋으면 다행이겠으나, 머피의 법칙은 여기에도 적용되는 모양이다.

주문한 음식이 달고 입에 맞지 않는다.

직원들은 친절하다. 주변 환경은 그럴 듯하다. 아니 좋다. 그렇지만 방 안은 별로이고, 음식도 별로이고.

그렇지만 여기서 하루를 지내야 한다. 내일은 삐이의 관광명소들을 둘러보아야 한다.

30. 겉이 좋아도 속이 나쁘면…….

삐이(Pyay)는 별로 알려지지 않은 곳이지만, 아까욱따웅(Akauk Taung)의 이라와디 강 절벽에 조각되어 있는 불상부조로 유명하다. 또한 쉐산도 파고다(Shwesando Pagoda)도 볼 만하다.

초롱인 이곳은 직원을 통해 차를 수배한다. 아까욱따웅의 부처님들을 만나보고, 내일 자야 할 나웅 요(Naung Yoe) 모텔까지 데려다 줄 차이다.

다음 날 아침, 냉장고에 넣어 놓은 물을 먹으려 보니 꽁꽁 얼어 있다. 웃음밖에 안 나온다. 냉장고가 냉동고인 셈이다. 과일 등을 안 넣어 놓기 다행이다.

겉은 좋은데 왜 이럴꼬?

방을 리빌트하여 싹 고쳐 놓으면, 100불을 받아도 될 만한 곳인데……. 전혀 관리가 안 되어 있는 곳이다.

지은 지 오래되어 주인이 상주하지 않고 직원들에게 맡겨 놓은 모양이다.

직원들은 친절하고 나름대로 열심히 일을 하지만, 주인이 없으니 돈 들어가는 것엔 손을 못 댄다. 그러니 정원이나 주변 풍경은 잘 가꾸어 놓고 청소도 열심히 잘 하지만, 정작 방의 시설은 낡고 낡아 결국 그대로 방치되어 있는 것이다.

참 아까운 곳이다.

31. 없으면 자유롭다. 뺏길 것이 없으니

2017년 11월 20일(월)

아침 7시에 식사를 한다.

8시에 출발하는 차가 왔는데 작은 차이다.

초롱 씨가 돌려보내고 큰 차를 가져오라 한다. 6만 짯(48,000원 정도)에 기름값을 주더라도 큰 차로 안락하게 가야 한다고 주장한다.

한 시간 쯤 지난 다음 차가 오고, 이곳 매니저인 모우메토가 안내하겠다며 따라 나선다.

덕분에 좋은 차를 타고 삐이에서 30km 떨어져 있는 아까욱 따웅(Akauk Taung)으로 간다. 돌아와서 보니 기름값이 21,500짯(18,000원 정도)이 나와 모두 81,500짯(약 66,000원)의 거금이 들었지만.

가는 길에 보이는 집들은 모두 이층집이다.

여기 사람들은 이층집에 산다.

이층집에 산다 하니 잘 사는 부자들로 생각하면 오해다. 일층은 헛간으로 쓰고, 이층에서 살기 때문인데, 집 자체는 허름하다.

아까욱 따웅은 이라와디 강의 절벽에 많은 불상이 조각되어 있는 곳이다. '아까욱'이란 세금이란 뜻이고, '따웅'은 땅이라는 뜻이니 아까욱 따웅은 세금 받는 곳이란 뜻일 것이다.

옛날 통행세를 받던 관리가 심심하여 이라와디 강가의 절벽에 부처님을 조각하고 명상했다는 설과, 돈 없는 뱃사공이 세금 대신 불상을 하나씩 조각했다는 설이 있는데, 어떤 게 진짜인지는 잘 모른다.

아마도 둘 다 거짓일 수도 있다.

아까욱따웅: 이라와디 강 절벽에 새긴 불상들

톤보(Tonbo) 마을에 차를 대 놓고, 이제는 배를 타야 한다. 배 값은 15,000짯(약 12,000원)이다.

45분 정도 강을 따라 내려가며 절벽을 구경한다. 절벽엔 부처님들이 감실을 하나씩 차지하고 나란히 모여 있다.

이윽고 배를 댄다.

여기에서 절벽 위에 있는 절을 구경하고 되돌아와야 한다.

절로 오르는 길이 가파르다.

절벽엔 역시 부처님들이 감실 속에 누워 있거나 앉아 시원한 강바람을 즐기고 있다.

황금으로 치장한 것이 아니고, 절벽을 파낸 후 회를 바르고, 그 위에 붉은색, 누런색 등으로 덧칠한, 검소한 부처님들이어서 쇠창살 속에 갇혀 있는 부처님은 없다.

앞에서 보았듯이 황금으로 입혀진 부처님들은 모두 쇠창살 속에 갇혀 땀을 흘리고 있는데, 여기 검소한 부처님들은 유유히 흐르는 이라와디 강의 경치를 감상하면서 시원하게 강바람을 쐬고 있는 것이다.

절벽의 동굴 속에 부처님 들어앉아
강물을 마주 보며 참선을 하다 보니
흐르는 강물 통하여 깨달음을 얻누나

동굴 속 부처님들 깨달음 얻기 위해

아까욱 따웅: 이라와디 강 절벽에 새긴 불상

31. 없으면 자유롭다. 뺏길 것이 없으니

아까욱 따웅: 이라와디 강 절벽에 새긴 불상들

먹지도 아니하고 자지도 아니하며
강물의 흐름 속에서 세월을 잊는구나

부처님이나 사람이나 다 쎔 쎔 아닌가?

많이 가질수록 울을 치고 누에고치처럼 들어가 있어야 그것을 지킬 수 있는 법이다.

그렇지만 그것도 오래가지 않는다. 가지고만 있다가 죽음으로써 자식들에게 다 빼앗긴다.

없으면 자유롭다. 뺏길 것이 없으니.

부자들이여! 가진 것을 논아 주고 자유롭게 살아보면 어떨까? 적극 권하고 싶다. 진심이다.

미얀마 삐이

아까욱 따웅: 절벽 위 절로 오르는 길

그나저나 누가 절벽에 이 부처님들을 조각하여 이 고생을 시키누? 구경은 좋지만.

괜히 통행세 받던 관리와 돈 없는 뱃사공을 원망한다. 누가 요런 짓을 했는지는 모르지만.

구경은 좋은 것이고, 힘든 건 힘든 것이고!

사람들은 모든 사상(事象)에 겉과 속이 있고, 좋은 것과 나쁜 것이 공존함을 잊는다.

본디 그것이 하나인 것을!

현자(賢者)는 사상 속에서 좋은 것만 꺼내 보지만, 우자(愚者)는 나쁜 것에만 집착한다.

보통 사람들은 좋은 것을 볼 때는 헤헤 웃지만, 그에 따른 나쁜 것이

31. 없으면 자유롭다. 뺏길 것이 없으니

뒤따르면 좋은 것은 잊어버리고 짜증을 낸다.

어찌 살아야 할 것인가?

정답은 없다. 그냥 그렇게 사는 것이다.

절로 오르는 길의 중간엔 절벽 바위 밑으로 향을 꽂아 놓은 모습이 보인다. 많이도 꽂아 놓았다.

저 향 하나하나에 소원이 담겨 있을 것이다.

절벽 위에는 아까욱 따웅 파고다라는 절이 있다. 그저 평범한 절이지만 강 너머 전망을 보기에는 딱 좋은 장소이다.

절에는 늘 있는 종 모양의 불탑과 부처님을 호위하는 뱀들 조각, 그리고 금두꺼비가 모셔져 있다.

절 너머로는 음식점들이 손님을 기다린다.

이라와디 강은 크고 멋있다.

다시 톤보 마을 선착장으로 되돌아와 배가 정박한다.

차를 타려고 우리 차를 찾는데, 강변에 쌓인 쓰레기 더미 쪽에서 염소 두 마리가 머리를 맞대고 맹렬히 싸우고 있다. 뒤로 물러서는가 했더니 머리로 있는 힘을 다해 지진이 일어날 정도로 쾅하고 들이받는다.

이것 또한 구경거리이다.

그 놈들, 참!

아마도 암컷을 차지하기 위해 저렇듯 있는 힘, 없는 힘 모두 동원하여 싸우는 것일 게다.

12시 30분 이라와디 강을 떠나 일단 식당으로 간다. 먹어야 사는 진리를 외면할 수 없는 것이다.

1시쯤 그럴듯한 식당에 도착한다.

미얀마 삐이

노래방 가격표

식당은 식당이되 노래방을 겸한 식당이다. 홀에는 탁자가 놓여 있고, 저쪽 편 방마다 노래방 금액이 적혀 있고 어떤 방에서는 노래 소리가 흘러나온다.

누군지는 몰라도 우리나라 노래방엘 다녀온 선각자인 모양이다.

노래방을 해서 돈을 벌다니!

그런데 노래방 이용 금액이 결코 싸지 않다. 이곳 돈 가치로 따진다면 엄청 비싼 값이다. 작은 방은 1시간에 13,000짯(약 10,000원)이고, 조금 큰 방은 20,000짯(약 16,000원)이다.

미얀마의 이런 촌구석에 노래방이 있는 것이 신기하여 사진을 찍었더니 직원이 달려 나와 못 찍게 한다.

이것도 무슨 영업 비밀이라고?

찍지 못하게 하니 더 이상 안 찍는다. 그렇지만 가격표가 붙은 방 두 개는 이미 찍었는걸. ㅎ!

31. 없으면 자유롭다. 뺏길 것이 없으니

32. 이 글을 읽는 분들은 유명해져야 한다.

2017년 11월 20일(월)

이제 점심도 먹었겠다, 느긋하게 강을 건너 쉐산도 파고다(Shwe San Daw Pagoda)로 간다.

이 절은 삐이의 도심지에 있다.

허름한 골목 뒤로 8층 높이의 거대한 불상이 우릴 내려다보고 있다.

절로 들어가는 문 앞에는 당연히 사자 두 마리가 고개를 치켜들고 엉덩이를 땅에 붙인 채 번(番)을 서고 있다. 사람들은 이를 사자라고 하지만, 내가 볼 때에는 삽사리에 불과한데……

쉐산도 파고다는 기원 전 589년에, 곧 부처님 살아생전에 건립된 미

8층 높이의 불상

미얀마 삐이

쉐산도 파고다의 종 모양 탑

얀마 3대 사찰 중의 하나라고 한다.

쉐산도라는 말은 '황금빛 불발(佛髮)'이란 뜻이라 한다.

아마도 이 말은 '부처님 머리카락이 안치된 황금 사원'이라는 말이 잘 못 번역된 것일 게다.

부처님이 서양인도 아닌데, 금발일리야 없을 것 아닌가!

이런 이름이 붙은 건 여기에 고타마 부처님의 머리카락이 안치되어 있기 때문이라 한다.

쉐산도 파고다는 수다사나(Sudassana) 언덕 위에 있는데, 이 언덕은 고타마 부처님의 전생이었던 함사(Hamsa bird: 백조를 말함), 수탉, 도마뱀, 토끼가 살았던 곳이라고 한다.

이 절을 건립하고 재건한 사람은 아지카(Ajhika)와 발릭카(Ballika)라

32. 이 글을 읽는 분들은 유명해져야 한다.

는 두 상인 형제라 한다.

이 '쉐산도'라는 절은 미얀마 여러 곳에 있다. 예컨대, 바간(Bagan)에도 쉐산도 파고다가 있다. 아마도 바간의 쉐산도 역시 부처님의 머리카락을 모셔 놓았을 것이다.

머리카락조차도 부처님 거면 저절로 유명해진다.

아니 그보다도 여하튼 유명해지면 그 사람이 쓰던 연필이나 볼펜 따위도 덩달아 유명해지고 값이 나가는 법이다.

내가 쓰는 컴퓨터라도 고물 취급 받지 않고 후세에 대접받게 하려면 내가 유명해져야 한다. 그래야 좀 덜 미안하지~.

어찌되었든 나는 유명하지 못하지만, 이 글을 읽는 분들은 유명해질 필요가 있다. 혹시 아는가? 내 책을 읽었으니 유명해진 다음 내 책도 덩

쉐산도 파고다의 전각들

미얀마 삐이

8층 높이의 불상

달아 유명해지고 박물관 한 편에 전시될지……

엘리베이터를 타고 절에 오른다. 일인당 3천 짯(2,500원 정도)이다.

걸어서 오르면 공짜라는디……

올라 보니 화려하기 그지없다. 황금빛으로 반짝이는 거대한 불탑과 누각들, 그리고 그 속에 안치된 불상들.

금빛으로 빛나는 부처님은 역시 유리창 속에 갇혀 있고……

산위에 있으니 전망이 좋은 것은 물론이다.

이리저리 돌아다니며 구경을 한다. 황금빛으로 빛나는 굵직한 기둥들 사이로 절 밑으로 내려가는 계단이 보인다.

이 길은 겹처마 지붕으로 덮여 있는데, 위에서 내려다봐도 아름답게 이어져 있다.

뭐니 뭐니 해도 이 절에서 유명한 것은 8층 높이의 거대한 불상이다.

불상을 위에서도 보고, 밑으로 내려가서도 본다. 다리가 아프지만 계

32. 이 글을 읽는 분들은 유명해져야 한다.

단을 오르락내리락 하면서 이를 관찰한다.

사실 크다는 것 이외에는 잘 모른다. 이 부처님이 덩치가 큰 만큼 영험한지, 얼마나 많은 사람들이 이 부처님에게 소원을 빌었는지 등등.

다시 위로 올라와 우리 차가 있는 주차장 쪽 계단을 내려가기 위해 다시 한 번 둘러보는데, 유리 상자 안에 흙으로 만든 커다란 다섯 손가락이 있고, 그 밑에는 지폐들이 놓여 있다. 손가락들 사이에도 돈이 접혀 놓여 있다. 돈 좋아하는 손이다.

어떤 방에는 여의주를 입에 문 황금빛 봉황을 탄 선녀가 있다.

그리고 그 옆 벽에는 돈 넣는 함이 우리를 기다리고 있다.

여기 저기 전부 돈을 넣으라는 신호만 눈에 띈다. 돈 참 좋아한다.

어떤 순진한 사람들은 이를 보고 "저 부처님 돈 참 좋아한다! 부처가 타락했구먼!"이라고 오해를 한다.

봉황을 탄 선녀

미얀마 삐이

그렇지만 사물의 안팎을 두루 살피는 현명한 사람들은 부처님이 아니라 이 절 주지스님이 돈을 좋아한다는 걸 안다.

그렇지만 돈이 없으면 이 황금빛 사원을 어찌 유지하누?

주지 스님 말씀이다.

쉐산도 파고다에서 나와 또 다른 퓨족 고대 마을인 스리 쩨뜨라(Sri Ksetra) 유적지가 있는 타라이낏따야(Tharay-Khit-taya)로 간다. 삐이 동쪽 8km 지점의 뭐사 마을에 있다.

가장 오래 된 도시이고, 그 옛날에 만들어 놓은 관개 시설을 지금도 사용하고 있는 도시이며, 첫 불교사원이 세워진 곳이라 한다.

입구에 있는 하얀 돌비석에 "세계문화유산: 퓨족의 고대도시-스리 쩨뜨라"라는 표지가 빛나고, 그 뒤로는 벽돌로 된 성곽이 있다.

박물관도 있고, 벽돌로 된 사원이며, 역시 벽돌로 된 커다란 탑도 있다.

그러나 대부분 이 지역은 숲이다. 결국 역사는 역시 땅속에 묻혔는가?

벽돌로 만든 153피트의 거대한 탑은 두타바웅(Duttabaung) 왕이 세운 9개의 탑 중 하나로서 이름이 보보지 스투파(Bawbawgyi Stupa)라는데 기다란 실린더 형태이다.

유적지에서 나와 모우메토를 그린 리조트 빌라 호텔에 내려 주고, 나웅요(Naung Yoe) 모텔로 가 짐을 내린다.

집이 깨끗하다.

저녁 먹을 곳을 물으니 밸리 식당으로 가라 한다. 걸어서 15분 거리란다.

밖은 이미 캄캄하다.

종업원이 친절하게도 길을 안내해 식당까지 데려다 준다.

32. 이 글을 읽는 분들은 유명해져야 한다.

보보지 스투파

멕시칸 윙 튀김(4,500짯)을 두 접시 시키고, 오징어 바삭 튀김 (5,500짯) 한 접시, 그리고 칼스버그 맥주(1,200짯) 넉 잔을 시켰는데, 별 맛이 없다.

윙 튀김은 날개가 아니라 닭다리 같다. 여섯 조각이 나오는데, 한 조 각만 먹어도 저절로 배가 부르다. 향신료 냄새가 나고 우리나라 닭 날개 튀김과는 전혀 다르니 입이 잘 받질 않는다.

에이_. 잘못시켰다.

역시 우리는 싼 체질인 모양이다. 비싼 것은 맛이 없으니…….

윙 튀김 한 접시는 들고 와 모텔 종업원들에게 선물한다.

정말 좋아한다.

미얀마 삐이

33. 기대가 없으면 실망하지 않는다.

2017년 11월 21일(화)

아침 7시 선선한 가운데 아침을 먹는다. 바나나. 파파야, 콩밥, 미얀마 차, 달걀 반숙이 아침 메뉴인데, 가져온 김에 밥을 싸서 잘 도 먹는다.

양곤 가는 교통편을 물어본다.

기차는 밤 10시에 있고, 다음 날 9시에 도착한단다. 가격과 침대차가 있는가 물어보니 그건 모른다고 한다.

버스는 5시 반부터 30분 간격으로 있으며, 7시간 걸리는데, 5000짯 (약 4,000원)이라고 한다.

한편 큰 차를 좋아하는 초롱 씨는 밴을 타고 가자고 강력 주장하는데, 이 경우 5시간 걸리며 150,000짯(약 12만 원)을 주어야 한다. 버스비의 일곱 배가 넘는다.

기차 여행도 경험이니 역으로 나가 일단 기차에 침대칸이 있는지, 가격이 얼마인지부터 알아보기로 했다.

햇볕이 강렬하고 따갑다. 오후 늦게 삐이 시내로 나가보기로 하고 점심은 호텔 방에서 누룽지로 때운다. 꿀물과 함께.

오후 네 시 툭툭이를 타고 시내로 나간다.

밤 시장이 네 시부터 열 시까지라니 저녁도 해결할 겸 구경도 할 겸 나선 것이다.

밤 시장이라고 해봐야 미얀마 토속 음식과 과일 등을 파는 약 500m 정도 길이의 허름한 시장이다. 꼬치도 팔고 어묵도 있고, 기름에 튀긴 빵 같은 것도 있다.

33. 기대가 없으면 실망하지 않는다.

삐이의 밤 시장

일단 깨끗한 식당을 찾아 중심가로 다녀 보지만, 그럴듯한 식당은 눈에 띄지 않는다.

물어봐도 잘 못 알아듣는다.

"가는귀먹은 겨?:

"왜 여기 사람들은 전부 귀가 안 좋은 겨? 풍토병인가? 한국말을 해도 미국말을 해도 못 알아듣으니……."

이런 걸 억지라고 한다.

그렇지만 세상에 억지 쓰는 사람들이 좀 많은가!

저 사람들은 변명 아닌 진실을 이야기한다.

"말하는 이가 말을 못 하는데 알아듣는 게 이상하지!"

이런 사람들에겐 말하는 이나 듣는 이나 "남을 탓할 게 아니라 늘 자

미얀마 삐이

신부터 돌아봐야 한다."는 말을 꼭 해주고 싶다.

대학생 같은 젊은 애와 조금 소통이 되는데 15분 정도 걸어가야 한단다.

해는 졌지만 땀은 줄줄 흐른다.

어찌 이 더위 속에 15분을 걸어가누? 더군다나 점심도 시원찮아 배는 고픈데…….

주내가 짜증이 심하다. 배고프면 누구나 짜증이 날 수밖에 없다. 결국 주내는 길거리에서 산 군 옥수수를 열심히 먹는다.

기차역에 들려 양곤 가는 기차표와 시간을 물어본다.

밤 열한시 반에 출발하여 아침 여덟시에 양군에 도착하는 열차 하나 뿐이란다. 금액은 1,900짯(1,500원 정도)이라던가, 엄청 싸다. 침대칸은

기차역

33. 기대가 없으면 실망하지 않는다.

삐이의 현지인 한국음식점

없다고 한다. 그냥 앉아서 꾸벅 꾸벅 졸며 밤을 새워야 한다고.

결국 야간열차는 포기하고, 버스를 타고 가기로 결정한다.

에어컨 나오는 깨끗한 음식점 찾는 것도 포기하고, 밤 시장에서 본 초라한 한국음식점으로 간다. 현지인이 서양 음식과 한국 음식을 파는 곳이다.

얼마나 잘 할는 지는 기대를 안 한다. 기대가 없으면 실망하지 않기에.

이 선생은 한국식 볶음밥(1,500짯)을 시키고, 나는 해물탕(2,000짯)을 시킨다. 초롱 씨외 주내는 기름에 튀긴 떡을 먹는다.

볶음밥을 한 입 먹어보니 지금까지 먹어본 볶음밥 중 제일 입맛에 맞는다. 맛있다.

해물탕은, 고추장 풀은 물에 오징어 몇 조각, 새우 두 마리, 생선 몇 조각 그리고 버섯이 들어간 것으로 그저 그렇다. 물론 기대만 하지 않으면 괜찮다.

그러나 음식값은 싸다. 한국 음식 치곤 싸긴 참 싸다. 아마 현지인이 운영하는 까닭일 것이다.

한국인이 하더라도 이렇게 싸게 하면 될 것을⋯⋯.

한국인이 하는 음식점치고 이렇게 싼 곳은 없다. 한국인이 통이 커서 그럴까?

옆 좌석에는 현지인 처녀 둘이 돌솥비빔밥을 고추장을 넣고 맛있게 비벼 먹는다.

사진을 찍어도 되냐니까 선한 미소로 고개를 끄떡이며 선선히 응한다.

저녁을 때우고 툭툭이를 타고 호텔로 돌아온다.

저쪽으로 쉐산도 파야의 불빛이 화려하나 뒤이어 오는 차 때문에 시진기에 넣지는 못 한다.

만약 걸어왔다면 저 밤경치를 찍을 수 있을 텐데⋯⋯.

그러나 오토바이, 툭툭이, 자동차, 자전거가 뒤엉킨 먼지 뿌연 거리를 무더위 속에 걸어와야 하니 그럴 수는 없다.

좋은 밤경치 구경은 그만한 대가를 치러야 한다.

툭툭이를 타니 먼지는 일지만, 시원하기는 하다.

호텔에 오자마자 바로 버스 티켓 예매를 부탁한다.

호텔 직원은 정말 친절하다. 시원한 물도 달라는 대로 주고, 수박도 한 접시씩 돌린다.

밤 아홉 시쯤 문을 두드리는 소리에 나가보니 예매한 티켓을 준다. 이 밤에 버스정류자까지 갔다 온 것이다.

감사한다.

33. 기대가 없으면 실망하지 않는다.

34. 왜 10마일 호텔인가?

2017년 11월 22일(수)

8시 나웅요 모텔에서 체크아웃을 한다. 좋은 호텔이다.

이틀치 숙박료 44달러를 주니 20달러짜리 두 장을 바꿔 달랜다. 이유는 접혀 있기 때문이라고 한다.

10달러짜리로 바꾸어 준다.

이곳에선 달러의 경우 헌 돈이나 구겨진 돈은 받지 않는다.

이유는 헌 돈이나 구겨진 돈은 은행에서 환전해 줄 때 환전액을 적게 쳐 주기 때문이다.

우린 돈의 가치를 돈에 적힌 금액으로만 보지만, 이들은 그 돈을 얼마나 더 오래 쓸 수 있는가에 따라서도 가치가 달라지는 것이다.

이런 걸 처음에는 이상하다 생각했으나, 가만히 생각해 보니 이들이 훨씬 합리적이다.

돈도 상품이니까 새 것이 더 비싸야지! 암.

초롱 씨도 44달러를 냈는데, 이번에는 1달러짜리 10개를 10달러짜리로 바꾸어 달라고 한다.

우리에겐 같은 가치지만, 이들에겐 다른 것이다.

인심 쓰듯 바꾸어 준다.

툭툭이 타고 버스 스테이션에 가니 8시 30분이다.

버스 정류장 이곳저곳을 기웃기웃한다. 그 주변을 돌아봐도 별로 볼 건 없다. 차가 올 때까지 그냥 시간을 보내는 것이다.

9시 버스는 9시 7분에 출발한다.

미얀마 삐이

삐이의 버스 정류장

버스는 한 줄에 좌석이 넷이고 에어컨도 빵빵하고 탈 만하다. 조수도 있다.

12시 15분, 휴게소에서 점심 대신 찐 옥수수 두 개 500짯, 찐 달걀 세 개 500짯(400원 정도)으로 주내와 노나 먹는다.

1,000원도 안 되는 돈으로 둘이 점심을 때우다니……. 우찌 이런 신세가 되었나! 아니 이렇게 살다간 얼마 안 되어 부자 되겠다.

2시쯤 비가 오기 시작한다.

이곳은 현재 건기라는데 건기에도 가끔 이와 같이 비가 오기도 한다. 많이 오는 건 아니다.

4시 조금 안 되어 양곤 다 와 가지고 기름을 넣는다.

길가의 주유소도 아니고, 빈터로 들어가 기름을 넣는데 보니까 큰 드

삐이의 버스 정류장 풍경

럼통이 널려 있고, 아마 그 버스회사에서 운영하는 기름집인 모양이다.

기름을 넣은 후 다시 출발한다.

기름 넣는 곳에서 터미널까지 가는 동안 길이 많이 막힌다. 비록 외곽이지만 양곤 시내에 들어선 것이다.

버스 터미널이 있는 지역은 양곤 시 북쪽 외곽에 있는데, 양곤국제공항도 그 근처에 있다.

버스에서 내려 택시를 타고 예약해 놓은 10마일 호텔로 간다.

10마일 호텔은 골목으로 몇 백 미터 들어가 있어 큰길에서는 보이지 않지만, 건물 외양도 좋고, 풀장도 있고, 방도 깨끗하다. 아마 새로 지은 호텔인 모양이다.

이름이 왜 10마일 호텔인가 하면서 "그 이름 참 요상허다!"라고 생각

미얀마 양곤

버스 밖으로 보이는 허름한 풍경

했으나, 나중에 알고 보니, 양곤 시내에서 10마일 떨어져 있는 지역이라서 그런 이름을 붙인 것이다. 예컨대, 10마일 호텔 근처에는 10마일 쿠진(Ten Mile Cousine)이라는 식당이 있다.

곧, 양곤 시내 중심부에서 얼마나 떨어져 있는가에 따라 10마일 00, 9마일 00라는 식의 이름이 붙는다.

이는 버스를 타보고 버스 정류장 이름에서 알아낸 사실이다.

여러분도 양곤 오면 버스를 타 보시라!

34. 왜 10마일 호텔인가?

35. 자유여행의 장단점

7시에 일어난다.

아침 식사 역시 좋다.

양곤에서 방콕 가는 비행기를 검색한다.

11월 29일 12시 55분 비행기를 예약한다. 일인당 42,000여 원이다.

이 선생과 비행기 예약하느라고 오전 시간을 다 보냈다.

패키지여행 같으면 이런 시간에 관광을 할 텐데, 자유여행이다 보니 차량이나 비행기 예약, 호텔 예약, 관광코스 짜기 등등에 시간이 많이 소요된다.

그 대신 자유여행은 말 그대로 자유다. 그냥 호텔에서 쉬고 싶으면 쉬어도 되고, 늦게 일어나도 되고, 관광도 가고 싶은 곳만 가면 된다. 쇼핑 관광에 얽매이지 않아도 된다.

모든 것에는 장단점이 있게 마련이다. 양지가 있으면 그늘이 있듯이.

12시에 '민'이라는 한국음식점에 간다. 호텔에서 얼마 떨어지지 않은 곳에 있다. 걸어서 7분.

식당은 깨끗하다. 다만 가격이……

삼겹살 목살 3인분 24,000짯(약 20,000원), 김치찌개 7,000짯(약 5,600원), 맥주 3,000짯(약 2,400원), 공깃밥 하나 500짯(약 400원)이다.

왜 한국식당은 비싸나?

토론할 필요는 없다. 그 동안 현지 음식의 싼 값에 길들여져 있으니 비싸게 느낄 뿐이다. 그래도 한국보다는 싸지 않은가!

미얀마 양곤

이 선생 말로는 한국과 비교해서는 안 된다고 한다. 현지 음식값과 비교해야 한다는 것이다. 현지 화폐의 값어치로 보아야 한다는 것이다.

이 선생 말대로 보면 한국음식이 비싸긴 많이 비싸다만, 우린 좋은 것만 생각한다.

택시를 타고 뽀쬭 마켓(Bogyoke Aung San Market)으로 간다. 꽤 먼 거리임에도 6,000짯(약 5,000원)이니 교통비도 싸긴 싸다.

이 마켓은 커다란 빌딩 속에 있는 현대식 시장이다.

일단 돈 100불을 바꾼다.

옆에 있는 식품점에 들어가 물가를 조사한다. 우리나라 라면이 1,150짯(약 920원 꼴)이다.

삐이의 편의점에선 950짯(약 760원 꼴)이었는데, 여긴 백화점인 셈이

뽀쬭마켓

뽀쪽마켓의 한국 라면 값

다.

4시, 중앙역 정보센터를 물어 물어 걸어간다. 15분 거리란다.

가다 보니 현대식 건물 사이로 낡은 아파트들이 보인다. 낡은 정도가 아니라 완전 폐허 같은 아파트들이다.

역시 "쎔, 쎔"인가?

중앙역사는 엄청 크다.

전광판에 네피도 행, 바고 행, 삐이 행, 등 열차의 출발 시간이 표시되어 나타난다.

한편 순환열차는 순환하는 데 세 시간 걸리고, 일인당 200짯(약 160원)이며, 표는 7번 플랫홈 건너편에서 판다고 한다.

정보센터는 문을 닫았다.

미얀마 양곤

뽀쪽 마켓 부근의 허름한 아파트들

양곤 중앙역사

35. 자유여행의 장단점

차이나타운을 물어보니, 15분 걸으면 된다면서 13번가로 가라 한다.

차이나타운은 식당이 줄지어 있어 먹거리가 풍성하다는 책의 말을 믿고, 저녁을 여기서 해결하고 호텔로 가기로 한 것이다.

방향은 아까 왔던 뽀쪽 마켓, 정션 시티를 지나 13번가에서 왼쪽으로 가면 된다고.

저 앞으로 술레 파고다(Sule Pagoda)라는 절이 보이는데 직진하여 오른쪽으로 가면 안 되냐니까 그래도 된다 한다.

이왕이면 절 구경도 하고 새 길로 가는 게 낫다 싶어 직진한다.

절을 지나 오른쪽으로 가는 길은 완전 도떼기시장이다.

가면서 보니 30번가이다.

언제 13번가까지 가누? 누가 걸어서 15분 걸린다 했는가? 한 30분

술레 파고다

미얀마 양곤

도 넘게 걸었을 것
이다.

가면서 차이나타
운을 물어보니 어떤
이는 17번가, 또 어
떤 이는 19번가라
한다,

어찌되었든 가다
보면 나올 것이다.

해는 지고 컴컴
하지만 날은 더워
등은 이미 흠뻑 젖
었다.

가다 보니 커다
란 비닐로 덮인 등
대 같은 시계탑 같

차이나타운

은 것이 나오고, 그 밑으로 사람들이 지나다닌다.

그리고 관음고묘(觀音古廟)라는 사당이 나온다. 옳거니, 중국인촌에 다
온 모양이다.

레스토랑 골목으로 들어서니 먹을 거 천지다.

그러나 생소한 것들이고 지저분해 보여 입맛이 당기지는 않는다.

이 선생은 현지 문화를 맛봐야 한다고 하지만 주내에겐 영 아니올시
다. 나도 주내를 닮아 가는 모양이다.

35. 자유여행의 장단점

그러나 그보다도 나에겐 일단 에어컨 있는 식당이 필요하다. 땀을 식히고 싶은 것이다.

또한 에어컨 식당은 길거리 식당보다 깨끗하지 않을까?

이 선생 부부는 현지 음식을 맛보기로 하고 주내와 나는 결국 에어컨 있는 식당으로 들어간다.

그러나 음식 맛은 그저 그렇다.

미얀마 양곤

36. 상은 일단 받고 볼 일이다.

2017년 11월 24일(금)

또 하루가 지났다.

오전 내내 이 선생과 일정 짜느라 바쁘다. 11월 29일~12월 1일 방콕의 호텔 예약, 그리고 27일~29일 바고의 호텔을 예약한다.

27일~29일 바고의 호텔 예약은 이 호텔의 예약부터 취소해야 한다. 만약 그러지 않으면 부킹닷컴에서는 취소 수수료 166불을 내야 한다고 하니, 일단 호텔 매니저를 만나 취소 수수료 없이 이틀 분 취소를 요청해야 하는 것이다.

매니저는 흔쾌히 승낙한다.

카바 아예 파고다 법당 들어가는 길

카바 아예 파고다

그리고는 26만 짯(약 21만 원)에 이틀간의 여정 곧, 양곤-바고-짜익티노-공항까지의 교통편을 제공받기로 한다. 여기에는 오늘 오후 반나절 양곤 시내 투어를 포함하였다.

점심 식사 후, 한 시 반쯤 매니저가 내준 차를 타고 카바 아예 파고다(Kaba Aye Pagoda)로 간다.

외국인은 3,000짯(약 2,400원)의 입장료를 내야 한다.

우린 기꺼이 입장료를 내고 절로 들어가 절 구경을 한다.

들어가는 입구에는 여느 다른 절과 마찬가지로 복도 양쪽에 장이 서 있다.

분위기는 어수선하고 완전 도떼기시장인데, 그렇다고 이들을 우습게 봐선 안 된다. 이래 뵈도 이들은 모두 부처님의 가호를 받아 부처님 덕에

미얀마 양곤

카바 아예 파고다의 부처님과 기부금 통

먹고 사는 중생들이다.

이 절은 원통형으로 되어 있고, 법당 바깥벽에는 감실이 있고 감실마다 붉은 천을 휘감은 부처님들이 서 계신다.

법당으로 들어서자 한 가운데에 원통형 방이 있다.

그 방 주위로는 빙 둘러서 불상들이 모셔져 있고, 사람들이 그 앞에서 소원을 빌고 있다.

절은 돈을 받는 만큼 화려하다.

원통의 방 안에는 부처님이 에어컨을 쐬고 있다. 시원한 방이다.

이 방의 안벽에는 여러 개의 유리 상자들이 놓여 있는데, 그 안에는 자그마한 금불상들이 들어 있고, 유리 전면에는 그것을 보시한 사람 이름과 날짜, 그리고 주소가 적혀 있다.

36. 상은 일단 받고 볼 일이다.

그 중에는 한국인들의 이름과 함께, 기부금 낸 날자(금불상을 헌납한 날짜)와 대한민국 서울 등을 흰 페인트로 적어 놓은 것이 보인다.

이 절은 학생 스님이 가장 많은 절이다. 가장 큰 승가대학이 있는 곳이기 때문이다.

원통형 방 입구 쪽에서는 마정수 의식이 한창이다. 많은 사람들이 무릎을 꿇고 앉아 차례를 기다리다 앞으로 나와 의식을 행한 후, 부처님의 진신 사리를 친견한다. 불자들의 성지 순례인 셈이다.

외양으로 보아 우리나라에서 온 부인네들도 있는 거 같다.

좋은 거 구경한 셈이다.

밖으로 나와 주변 부속 건물 등을 구경한다.

물론 맨발이다.

카바 아예 파고다: 맨발의 노년!

미얀마 양곤

맨발의 노년!

아마 이 글을 읽는 분들께서는 '맨발의 청춘'이란 말은 들어봤어도 '맨발의 노년'이란 말은 처음 들어볼 거다.

맨발의 청춘은 돌아가신 김기덕 감독이 1964년 제작된 신성일 엄앵란 주연의 청춘 멜로 영화이다.

내가 중학교 다닐 때이니 요새 젊은이들은 잘 모를지도 모르겠다.

이 영화의 주제곡은 최희준 씨가 불렀는데, 우리 친구들끼리 모이면 주먹을 쥐고 흔들면서 이 노래를 곧잘 따라 부르던 기억이 난다.

어찌되었든 미얀마에서의 절 구경은 '맨발의 노년'이다. 햇빛을 가리기 위해 모자는 써도 되는데, 발은 맨발이어야 한다.

햇볕에 단 대리석 돌판은 마치 삼겹살용 불판처럼 뜨거우니, 발바닥은 따끔거리지, 땀은 줄줄 흐르지, 그렇지만 부처님의 고행을 생각하며 중생의 고통을 생각하며 참는다.

이런 고행이 싫으신 분은 뜨거운 대낮은 피하고 아침이나 해질 무렵에 절 구경을 하면 된다.

허나, 시간이 그렇게 많지 않다고요?

그럼 어쩌나~. 알아서 하셔유!

이 절 법당 밖에는 '부처님의 일생 박물관(Museum of Life of Buddha)이 있다. 들어가 보니 부처님의 일생을 그림과 조각으로 전시해 놓은 방이다.

2시 14분, 절을 나와 차를 타고 이번에는 뽀쪽박물관(Bogyoke museum)으로 간다.

큰길에서 골목으로 들어가면 일반 가정집 같은 박물관이 나타난다.

36. 상은 일단 받고 볼 일이다.

뾰쪽 박물관

입장료는 일인당 5,000짯(약 4,000원)이다. 너무 비싸다.

그래도 박물관이니 볼 만한 게 있으려니 돈을 치르고 들어가 보니 미얀마의 영웅 아웅산 씨가 살던 집을 박물관으로 만들어 돈을 받는 것이다.

아웅산 씨 가족들의 사진, 입었던 옷, 침대, 회의용 탁자 등등이 전시되어 있으나 볼 만한 것은 없다.

전시된 침대 가운데에는 미얀마의 영웅 아웅산 장군의 딸인 아웅산 수지(Aung San Suu Kyi)의 침대와 그 자매들의 침대가 나란히 놓여 있다.

아웅산 수지도 어렸을 때에는 저 침대에서 뒹굴며 자매들과 놀았을 것이다. 지금은 쭈글쭈글한 할머니가 되었지만.

역사란 그런 것이다.

아웅산 수지에 대한 평가는 엇갈린다.

미얀마 양곤

하나는 미얀마 독립 후 네윈 군사정권의 독재에 맞서 싸운 민주화 투사이며, 이 때문에 1991년 노벨평화상과 2004년 광주인권상을 받은 여걸이라는 평가가 그 하나이고, 2017년 미얀마 정부의 로힝야족 '인종 청소'를 두둔한 실권자로서의 잔인한 이미지가 또 다른 얼굴이다.

로힝야족 '인종 청소'를 두둔했던 까닭에 아웅산 수지에게 준 노벨평화상과 광주인권상을 철회하자는 움직임이 있었으나, 일단 준 것을 되찾아 올 수 없다고 결론이 났다.

이를 볼 때, 상은 일단 받고 볼 일이라는 교훈(?)을 얻는다.

아니 상이 그 사람을 결정하는 것은 아니라는 사실을 깨우쳐 준다.

사람들은 흔히 망각한다. 상을 받은 사람이나 높은 지위에 있는 사람은 훌륭한 사람이라고 착각하는 것이다.

뽀족 박물관: 아웅산 수지와 그 자매들 침대

36. 상은 일단 받고 볼 일이다.

나보다 못난 사람일 수도 있고, 인격적으로 형편없는 사람일 수도 있는데…….

아마 대부분은 나보다 훌륭한 사람일 터이지만, 이것이 착각일 수 있다는 것이다. 어쩌면 상 받은 사람보다, 높은 지위에 있는 사람보다 내가 훨씬 더 훌륭한 사람일 가능성이 높다.

기죽지 말라!

상이나 지위가 그 사람을 결정하는 것은 결코 아니다.

아웅산 수지 쪽에서는 로힝야족 유혈 사태는 가짜 뉴스라고 주장하고 있으나, 우리가 진정한 사실을 알 길은 없다.

어쩌면 민주화 투쟁도 사실이고 로힝야족 학살을 두둔한 것도 사실일지 모른다. 사람은 변하는 것이니까. 그리고 신화는 깨지기 마련이니까.

그 속사정은 당자만이 알 것이다. 괜히 3자가 이러쿵저러쿵할 것은 아니다.

그러나 영향력 있는 누군가가 이러쿵저러쿵하면, 많은 대중들은 거기에 휩싸여, 들리는 것이 사실인양 받아들이며 때론 비난하고 때론 칭찬하며 그냥 살아가는 것이다.

이 박물관은 어쩌면 미얀마 사람들에게는 의미가 있을지 모르겠으나, 우리에겐 별 의미가 없다.

이 글을 읽는 분들 가운데, 미얀마의 독립 영웅 아웅산 씨나 그 딸이자 현 실권자인 아웅산 수지에 대해 관심이 있으신 분은 가 보셔도 되지만, 그렇지 않다면 굳이 가보라고 권하고 싶지는 않다.

미얀마 양곤

37. 부처님께 인사하는 법

2017년 11월 24일(금)

2시 48분 출발하여 이제는 칸도지(Kan Daw Gyi)라는 인공호수로 간다.

경치가 매우 좋다.

호수 저쪽 편에는 두 마리의 봉황이 이끄는 배 모양의 건물 위에 금박을 입힌 전각이 화려하게 햇빛을 받아 빛나고 있다. 물어보니 카라윅 팰리스(Karaweik Palace)라는 식당이라 한다.

또한 그 반대편 호구 저쪽에는 종 모양의 황금색 탑이 우뚝 솟아 있다. 그 유명한 쉐다곤 파고다(Shedagon Pagoda)의 불탑이다.

칸도지 호수: 카라윅 팰리스라는 식당

쉐다곤 파고다의 전각들

이 공원 한쪽에는 유토피아 타우어(Utopia Tower)라는 탑이 있다. 이 탑 위로 올라가면 전망대가 있어 호수가 내려다보인다.

3시 14분 쉐다곤 파고다로 간다.

쉐다곤 파고다는 미얀마에서 제일 유명하고 신성한 곳이다.

입장료는 8,000짯(약 6,400원)이다. 절치고는 입장료가 매우 비싸다. 절 앞에는 2017년 12월 1일부터 외국인 입장료를 10,000짯(약 8,000원) 으로 올린다고 공고가 되어 있다.

12월 1일 전에 왔으니 우린 각각 2,000짯(1,600원 꼴)씩 절약한 거다. 휴! 그나마 다행이다.

본디 절이나 교회에서는 입장료를 받으면 안 되는 건데……. 자슥들, 돈만 알아 가지고…….

미얀마 양곤

쉐다곤 파고다의 불탑들

비싼 입장료만큼 전각이 어마어마하게 화려하다.

아마도 입장료와 절의 화려함은 비례하는 듯하다.

그리고 너무 넓다. 전각도 불탑도 많다.

이 절의 한 가운데에는 황금으로 된 326피트(99.36m) 짜리 사리탑이 있다.

미얀마 제일 큰 절답다. 볼 만하긴 하다.

이 절이 생긴 유래는 다음과 같다.

BC 588년 고타마 부처님이 깨달음을 얻고, 일곱 곳을 여행하시는 동안 타푸사(Taphussa)와 발리카(Balika)라는 두 상인이 부처님께 음식을 공양했는데, 이들이 축복의 증표로 부처님으로부터 머리카락 8가닥을 얻어 오칼라파로 돌아왔다. 오칼라파(Okkalapa) 왕과 왕이 이끄는 군중들이 열렬히 환영하였음은 물론이다.

37. 부처님께 인사하는 법

오칼라파 왕과 그 신하들은 고타마 부처님 이전의 세 부처님의 유물과 함께 고타마 부처님의 머리카락을 봉안했다. 곧, 카쿠산다(Kakusanda) 부처님의 지팡이와 코나가마나(Kawnagamana) 부처님의 물 여과기(water filter), 그리고 카사파(Kassapa) 부처님의 아랫도리 법복과 함께 고타마 부처님의 머리카락이 66피트 높이의 세티(ceti)에 봉안되었다.

해탈한 네 부처님의 유물이 봉안되었기 때문에 '네 부처님의 유물함이 있는 황금사원'이라는 뜻의 쉐다곤(Shedagon)이라는 이름이 붙은 것이다.

이 탑은 신 소우 푸(Shin Saw Pu) 여왕이 왕위에 오른 AD 1453년에에 302피트의 높이로 세워졌고, 1774년 신뷰신(Sinbyushin) 왕이 326피트의 높이로 다시 지은 것이다.

이 탑의 꼭대기에는 높이 13m, 직경 5m의 우산(Umbrella)이 있다. 이 우산에 들어간 황금만 500kg이고, 이 우산에 달린 작은 황금 종의 수

쉐다곤 파고다의 종 모양 사리탑

미얀마 양곤

는 4,016개이며, 83,850개의 보석이 박혀 있고, 이 우산의 무게만 해도 5톤이라 한다.

그러니 이 탑이 얼마나 화려하고 아름다운지 알 수 있을 것이다.

이 절은 큰 절답게 여기도 부처, 저기도 부처, 상주하는 부처님이 관광객보다 훨씬 많다. 부처님들이 외롭진 않으실 거다.

부처님들마다 이름이 다 있다. 그러나 이를 여기에서 나열할 수는 없으니 절에 입장료를 내면 주는 쉐다곤 파고다 지도를 보시라!

쉐다곤 파고다에서 제일 큰 부처님은 찬 타르 지(Chan-Thar-Gyi) 부처님이다.

이 이외에도 무수한 부처님이 있고, 그 가운데에는 높이가 99cm이고, 무게가 324kg인 옥으로 만든 부처님도 있다.

또한 부처님 발자국-발바닥 프린트한 곳도 있으니 한 번 찾아보시라!

쉐다곤 파고다: 찬 타르 지 부처님

37. 부처님께 인사하는 법

쉐다곤 파고다의 부처님들

　부처님들을 만나면 "밍글라바! 안녕하십니까?" 공손히 인사하고 "인류 평화와 중생의 삶을 위해 자비를 베푸소서!"하고 묵념을 올리곤 "째즈 딘 바데. 감사합니다."로 끝맺는 게 보통 절에서 하는 내 인사법인데, 부터님이 많아도 너무 많으니 만나는 부처님마다 이런 간단한 인사만 해도 하루 해가 다갈 것이다.

　과감히 생략하고 "이하 동문"하면서 공손히 양해를 구한다. 대자대비하신 부처님이니 이해하실 거다.

　불상이나 전탑 이외에도 볼 만한 유물로는 4,351개의 다이아몬드가 박힌 22인치(약 56cm) 높이의 금강석 보주(金剛石 寶珠: Diamond Orb)가 전시되어 있다.

　이 보주 꼭대기에 있는 다이아몬드는 76캐럿이고, 이 보주에 들어간 다이아몬드를 전부 합하면 1,800캐럿이 된다고 한다.

미얀마 양곤

쉐다곤 파고다의 부처님들

또한 2,000여 개의 보석이 박힌, 길이 130cm. 폭 76cm. 무게 419kg 인 바람개비(Vane)도 있고, 무게가 42톤이나 되고, 높이가 2.6m, 직경이 3.34m인 타라와디(Tharyarwady) 왕의 종과 무게가 24톤이고, 높이가 3.34m, 직경이 2.05m인 싱구(Singu)의 종도 있다.

이 이외에도 다마제디(Dhamasedi) 왕이 1435년에 쉐다곤의 역사를 몬(Mon)어, 미얀마(_Myanmar)어, 팔리(Pali)어의 세 언어로 새겨놓은 돌 등 볼거리가 많다.

어느 방인가 부처님들이 두 눈을 내리깔고 명상에 잠겨 있는 방이 있다.

방 가운데 앉아서 부처님 흉내를 내보지만 성불은 그리 쉬운 일이 아 니다.

> 부처님 가운데에 자리 잡고 앉으면서
> 부처님 흉내 내며 명상에 잠겨 보나

37. 부처님께 인사하는 법

화두는 어디로 가고 잡생각만 떠도나

4시 25분, 쉐다곤 파고다를 출발하여 보타타웅 파고다(Botahtaung Pagoda)로 간다.

이 절은 바닷가에 있는데, 입장료가 외국인 6,000짯이다.

'보타타웅'이란 '1,000명의 장교'라는 뜻이라고 한다. 이 이름이 붙은 것은 약 2,000년 전인 불기 103년에 8명의 승려가 인도에서 부처님 유물을 모셔 왔는데, 이때 1,000여명의 군 장교가 호위한데서 유래되었기 때문이라고 한다.

2차 세계대전 때 연합국의 폭격으로 다시 재건축된 곳으로서 부처님 이빨 사리와, 두 가닥의 부처님 머리카락이 봉안되어 있다고 한다.

밖에서 보니 절을 보수하느라 공사 중이라서 크게 볼 것은 없는 거 같아 안 들어가기로 결정하고, 대신 바닷가를 구경하러 바닷가 쪽으로 가 보았으나 어수선하기만 하고 별 볼 일이 없다.

보타타웅이나 들어가 볼 걸 그랬나?

마지막 행선지인 인야(Inya) 호수로 가는 길은 차가 밀리고 또 밀린다.

5시 반밖에 안 되었는데 어두워지기 시작하더니 호수에 이르러서는 벌써 컴컴하다.

호수로 가 봤자 아무 것도 안 보일 것이다. 그냥 호텔로 되돌아가자!

무지무지하게 막힌다.

7시 반에야 텐마일 호텔에 도착한다.

속이 미식미식하다. 더위 먹은 모양이다.

저녁은 그냥 굶고 잔다.

미얀마 양곤

38. 유리 상자 속에 갇힌 옥불

2017년 11월 25일(토)

초롱 씨네만 내보내고, 호텔에서 잠만 잔다.

11시에 일어나 '청사초롱'으로 가 점심을 먹는다.

이 한국 식당은 지도를 보고 찾아낸 것이다.

양곤 지도에는 길, 절, 식당 등이 잘 나와 있다. 한국 식당은 한글로, 일본 식당은 일본말로 그리고 영어로 기록되어 있다.

주내를 위해 한국 식당을 점검해 본 결과 한국 식당이 많기도 하다. 우선 텐마일 호텔 가까이에 '민'이라는 식당이 있고, 삐이 로드(Pyay Rd)에는 좀 떨어진 곳에 '쿠스'라는 식당과 '그린마일'이라는 식당이 있고, 이 길을 따라 더 내려가면 '수미가'라는 식당이 나오고, 여기서 더 내려가면 '한국관'과 '서울카페'가 있고, 또 더 내려가면 '한일관'이 있다.

한편 카바 아예 파고다 로드(Kabar Aye Pagoda Rd)에는 인야(Inya) 호수 근처에 '서라벌(2)'가 있고, 이 길을 따라 죽 내려가면 '경복궁', '서라벌(1)'이 있고, 좀 더 가면 '평양 고려'라는 식당이 있다.

이 이외에도 다운타운에는 뽀쪽 아웅산 스트리트(Bogyok Aung San St)와 쉐다곤 파고다 로드(Shedagon Pagoda Rd)가 만나는 곳에 '서라벌(3)'이 있고, 사이공 로드의 야시장 근처에 또 다른 '경복궁'이 있다.

참 한국 식당이 많기도 하다!

미얀마 사람들이 정말로 한국 음식을 좋아하는가? 식당 수만 봐서는 미얀마 사람들이 한국 음식을 무지무지하게 좋아하는 듯하다.

이것이 정말인지는 한국 식당에 가서 확인해보면 된다.

로카찬타 옥불 보러 가는 길의 판자집들

미얀마 여행을 하다 한국 음식이 먹고 싶은 분들을 위해 설명이 길어 졌는데, 여하튼 미얀마 인들이 한국 음식을 얼마나 좋아하는지는 한국 식 당을 순례하며 확인하시기 바란다.

어찌되었든 텐마일 호텔에서 걸어서 갈 수 있는 거리에 '청사초롱'이 라는 식당이 있으니 나두 가 봐야 하지 않을까? 어제는 '민'에 가 봤으니 오늘은 '청사초롱'이다.

가는 길은 이미 인터넷으로 확인해 둔 바 있다.

가는 길에 로카 찬타 아브하야 라브하무니 부다 이미지(Loka Chantha Abhaya Labhamuni Buddha Image)라는 절도 있으니 절 구경도 할 겸 길을 나선다.

미얀마 양곤

244

이 복잡한 이름 '로카 찬타 아브하야 라브하무니'의 뜻은 '세계의 평화를 위하여 부처님을 모신 곳'이라는 거룩한 뜻이라 한다.

이름이 거룩하려면 좀 길어야 하는 모양이다.

가는 길은 진흙길인데 좌우로는 완전 툭 터진 판잣집들이 줄지어 있다.

못살아도 못 살아도 이렇게 못 살 수 있을까?

그래도 아이들은 밝다. 딱지치기도 하고, 구슬치기도 하고. 물론 사람들도 순박하다.

여기에서 난 삶을 보고 이들의 희망을 본다.

가는 길 중간에 절로 들어가는 지름길을 택한다.

이 복잡한 이름의 절은 옥불이 봉안되어 있는 절로 유명

로카 찬타 절 지킴이

38. 유리 상자 속에 갇힌 옥불

하다.

절로 오르는 길엔 역시 흰 사자 두 마리가 지키고 있다.

절로 올라가 보니, 옥불로 유명할 만하다. 높이가 15m이고, 무게가 600톤이며, 흰색의 통 옥으로 조성된 좌불이다.

이 부처님이 조성된 연유는 1992년 만달레이 북부 사진(Sagyin) 광산에서 1,000톤가량의 옥 광맥이 발견되었는데, 미얀마의 부호인 우 토토 씨가 이 광산을 통째로 매입하여 불상을 조성하기로 결심했다고 한다.

이 옥을 채굴하기 위해 1년 동안 연인원 10만 명이 동원되었는데, 이들은 모두 불심이 깊은 자원봉사자였다고 한다.

이 옥불은 1993년부터 석공인 우마웅지와 그 아들이 7년 동안 좌불 형태로 대충 다듬었고, 1999년에 이 옥불을 옮기기 위해 특별 제작한 바지선을 이용하여 이라와디 강을 따라 양곤으로 이동하고, 임시 철로를 설치하여 이곳까지 운반했는데, 이를 당시 텔레비전에서 생중계하였다고 한다.

이 옥불을 운반하기 위해 바지선 제작 및 임시 철로를 개설하는 데만 약 3년이 걸렸다 한다.

또한 이 옥불을 수송하는 11일 동안에는 우기인데도 비가 내리지 않는 기적이 일어났다 한다.

이 옥불은 마무리 작업을 거쳐 2002년에 완공되어 이 절에 모셔진 것이라 한다.

저쪽 벽 쪽에는 기증자인 우마웅지를 환영하는 그림과 강을 따라 이동하는 옥불을 보기 위해 강둑에 나온 수많은 미얀마인들의 경배하는 모습이 그려져 있다.

미얀마 양곤

로카 찬타 아브하야 라브하무니 부다 이미지: 옥불

38. 유리 상자 속에 갇힌 옥불

유감인 것은 이 옥불을 거대한 유리 상자 속에 가두어 놓아 사진을 찍어도 잘 나오지 않는다는 점이다.

옥불을 보호하기 위한 것이라지만, 유리 상자 속에 모셔 놓아야 옥불이 보존될까? 그냥 유리 상자를 걷어 치워 버리는 것이 좋을 듯한데……

미욱한 내 머리로는 이해가 되지 않는다.

이 부처님 말고도 이 부처님 주위에는 역시 통옥을 깎아 만든 스님 조각들이 있다.

물론 그 앞에는 보시함이 없을 수 없다.

ㅎ, 속인의 눈에 보이는 건 보시함뿐이다.

세계에서 제일 큰 옥불이라서 유리 상자 속에 갇혀 있는 것이다.

로카찬타: 옥불을 경배하는 스님 상

미얀마 양곤

로카찬타: 부처님의 발바닥 모습이라는데

　그 앞의 네 귀퉁이에서 무릎 꿇고 옥불을 경배하는 스님 조각상은 유리 상자 없이 자유롭지 않은가!

　대체로 인간 세상도 이와 같다.

　권력을 갖게 되면 무한히 자유로울 것 같지만 결코 자유롭지 못하고 스스로의 유리 상자에 갇히게 된다. 국민들은 자유로운 반면!

　위정자들은 명심할 일이다.

　또한 커다란 통옥에 부처님 발바닥 모습을 조각해 놓은 것도 있다. 그렇지만 아무리 생각해도 부처님 발바닥이 저렇게 생기진 않았을 거 같다.

　부처님 발바닥이 왜 이렇게 생겼는지 그 비밀을 과학자들이 연구하고 있다는 헛소문도 나돈다.

38. 유리 상자 속에 갇힌 옥불

이제 절의 정문으로 나와 '청사초롱'으로 간다.

'청사초롱'에서는 감자 뼈다귀탕 5,000원, 김치찌개 5,000원, 소주 5,000원이다.

잘 먹는다.

호텔로 돌아와 다시 잠이 든다.

오늘은 그냥 휴식이다.

미얀마 양곤

39. 버스비는 쎔 쎔이다.

2017년 11월 26일(일)

아침 식사 후 사진과 그 동안 쓴 글들을 정리한다. 잊어버리기 전에! 벌써 많은 부분이 기억나지 않는다.

이 선생 부부는 계속 자는 모양이다.

초롱 씨가 목감기가 왔다 한다. 점심도 안 먹고 잠만 자겠단다.

1시에 주내와 점심을 먹으러 나선다.

프런트에서 물어물어 알아낸 것은 인야 호수 근처의 서라벌 식당으로 버스를 타고 가려면 텐마일 정거장에서 6번 버스를 타고, 카바 아예 파고다(Kava Aye Pagoda)에서 내려 36번 버스를 갈아타고 미얀마 프라자에서 내리면 된다는 것이었다.

여기까지 왔으니, 미얀마 버스도 타 보는 경험을 해야 하지 않겠는가?

가르쳐준 대로 6번 버스를 탔는데 에어컨이 없는 버스이다.

다행히 붐비지는 않아 자리를 잡고 앉았는데 창으로 들어오는 바람이 시원하다.

그래도 등으로는 땀이 주르륵 흐른다. 주르륵!

카바 아예 파고다에서 내려 36번 버스를 갈아타니 살 거 같다.

똑같이 차비는 200짯(약 160원)이지만, 에어컨이 빵빵하게 나오는 새 치이기 때문이다.

그냥 이 차만 타고 시내를 한 바퀴 돌고 싶으나, 서라벌에 가서 빨리 배를 채워야 한다.

오른쪽으로는 호수가 아름답고, 그 호수 끝자락에 미얀마 프라자라는

미얀마 플라자 건물 앞

건물이 있다.

　현지인들처럼 길을 건너 건물 안으로 들어가는데 안전요원이 사진을 찍어서는 안 된다 한다.

　무슨 영업 비밀을 보호한다고? 사진을 찍으면 그만큼 선전이 될 텐데 하나만 알고 둘은 모르는 모양이다.

　아님 내가 무식한 건지도 모른다. 내가 잘 모르는 어떤 심오한 이유가 있을지도 모르니까.

　알았다고 대답하며, 서라벌을 물으니 3층이라 한다.

　3층까지 올라갔으나 음식점은 눈에 띄지 않는다.

　4층을 보니 음식점들이 보인다. 4층에서 드디어 서라벌(2호점)을 발견하고 들어가 짬뽕밥과 순두부찌개를 시킨다. 각각 9,000짯(약 7,200원),

미얀마 양곤

6,500짯(약 5,200원)이다.

주내는 새우에 어묵을 입혀 튀긴 것(2,000짯: 약 1,600원)을 가져온다. 물 작은 거 한 병에 500짯(약 400원)이다.

밑반찬이 맛있다. 특히 갓김치와 부추김치가 맛이 있다. 주인아줌마가 와서는 맛보라며 금방 꺼낸 물김치와 단무지도 가져다 준다.

기본적으로 음식이 깔끔하고 맛이 있다.

점심을 잘 먹는다.

주내는 초롱 씨 주겠다고 전 부침개 두 개를 싸 달라 한다. 갓김치도 조금 싸 달라 하여 들고 나온다.

인야 호수

모두 23,000짯(약 18,000원)이 들었지만, 잘 먹었다.

플라자 안의 슈퍼마켓에 들려라면 다섯 개를 산다.

먹기는 잘 먹었는데 이제 갈 길이 걱정이다.

길을 건너 호수 풍경을 두 컷

39. 버스비는 쎔쎔이다.

찍고, 다시 돌아온
다.

호수 구경을 더
하고 싶었으나, 주
내는 버스 정류장
그늘에서 쉬고 있으
니.

그리고 벌써 3
시 반이다.

이제 돌아가야
한다. 카바 아예 파
고다도 가는 길이니
들려 봐야 하고, 빨
리 가서 목감기 걸
린 초롱 씨에게도
무언가 먹여야 될
것 같고.

미얀마 플라지 근처의 빌딩: 신한은행

버스 정류장 근처의 빌딩에 신한은행이 눈에 띈다.

반갑다.

36번 버스를 탄다. 만원이다. 그렇지만 에어컨이 잘 나와 시원하다.

운전기사가 어디 가는가 묻는다.

카바 아예 파고다에 내려 달라고 한다.

이 절까지는 잘 왔는데, 여기서 6번 버스를 갈아탈 일이 걱정이다.

미얀마 양곤

일단 혼자 길을 건너 절에 들어가 보니, 그저께 들렸던 절이다.

절을 하도 많이 가보니 이 절이 가 본 절인지 아닌지 헷갈린다. 일단 들어가 봐야 기억력이 작동한다.

얼른 나와 다시 6번 버스를 기다렸다가 올라탄다.

역시 만원이다.

날씨는 푹푹 찌는데, 에어컨도 없고 사람은 많고!

그래도 택시부르스(마다가스카르의 장거리 행 일반 버스)보다는 낫다.

버스의 한쪽 벽에는 한글로 '기본요금 안내'가 붙어 있다. 우리나라 중고 버스인 것이다.

10마일 버스 정류장에서 내린다.

결국 현지 버스를 제대로 체험한 셈이다. 좋은 버스와 나쁜 버스 두

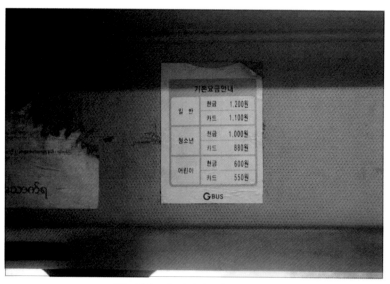

6번 버스: 우리나라 버스 요금이!

39. 버스비는 썸썸이다.

가지를 다!

이들도 쎔쎔인가? 그 속은 달라도 버스비는 쎔쎔이다.

역시 미얀마는 쎔쎔의 철학이 통하는 나라이다.

호텔에 와서 일단 샤워부터 한다.

그리고 저녁은 라면을 끓여 먹는다. 초롱 씨네도 우리가 사 온 라면 두 개와 전 두 쪽, 그리고 고구마 쪄 놓은 것으로 저녁을 때운다 했으니 나갈 일은 없다.

서라벌에서 얻어 온 갓김치와 라면, 잘 먹었다.

40. 빨리 찍어요!

오늘은 바고(Bago)로 가는 날이다.

이곳은 양곤 동북쪽 80km 떨어진 바다에 면해 있는 곳으로서, 전설에 의하면 서기 573년에 타톤 왕국으로부터 온 두 명의 몬족 왕자가 한타와디라는 바고 왕국을 세웠다고 한다.

이 두 왕자는 수컷 백조가 암컷을 등에 태우고 서 있는 것을 보고 이곳이 매우 상서로운 땅이라 여겨 수도로 삼았다 한다. 어쩌면 암컷 백조의 등 위에 수컷 백조가 올라 탄 모습이 와전된 것일지도 모르겠다. 자손을 번성시키려면 그래야 하니까!

이 백조는 힌두교에서 함사(Hamsa)라고 부르는 브라흐마 신의 상징물(때로는 부처님의 전생)인데, 미얀마에서는 이를 '힌타' 또는 '한타'라고 불렀다 한다.

한편 '와디'는 바닷가에 있는 조그마한 땅(아마도 삼각주?)을 가리키는 말이라 한다. '한타와디'를 번역하면 '백조의 섬'이 될 것이다. 그래서 이곳 바고에서는 두 마리의 백조상을 많이 볼 수 있다.

원래는 바고가 아니라 페구(Peh Kou)였다 한다. 곧, 두 번의 영국-미얀마 전쟁을 통해 영국이 이 지역을 점령하였는데, '페구'를 '바고'로 잘못 발음한 것이 바고가 된 이유라고 한다.

8시 30분에 출발한다.

차는 호텔 매니저 동생이 모는 현대 9인승 밴이다.

매니저 동생 이름은 꼽표란다. 어려 보이는데, 알고 보니 딸 하나 둔

고속도로변의 이름 모르는 절

가장이다. 대학에서 지리학을 전공했다는데, 성격이 유쾌하다.

고속도로로 들어서서 처음 만난 것은 1945년에 조성한 1939년 타욱 짠 전쟁 묘지(1939 Taukkyan War Cemetery)이다.

잠깐 차를 세운 다음 이를 구경하라 한다.

크게 볼 것은 없다. 사진을 몇 장 찍고 다시 달린다.

9시 25분쯤 꼽표는 네피도 가는 고속도로의 톨게이트를 지나 달리다 가 얼마 안 가 차를 옆에 세운다.

고속도로 옆에 자그마한 절이 하나 있는데 구경하라는 것이다.

이 절은 조그마하지만, 황금색과 붉은 색이 어울려 무척 화려하게 느 껴지는 절이다.

들어가 보니 벽에는 수많은 불상들이 가득하다. 벽뿐이 아니다. 집을

미얀마 양곤

받치는 기둥에도 부처님이 가득 들어차 있다. 역시 부처님은 셀 수 없이 많다.

꼽표 덕분에 절 구경을 잘 했다.

다시 고속도로를 달린다.

9시 45분, 고속도로 옆으로 나가는 샛길이 있고, 그쪽으로 나가니 큰 좌불이 보인다.

좌불

법당 이층집 옥상 위에 앉아 계시는데, 아직 공사 중인 등 뒤의 7층 건물에 기대어 앉아 있다.

내년 이월에 완공하면 이 부처님 머리 꼭대기까지 올라갈 수 있다고 한다. 지금은 안 된다.

법당으로 들어가면 물론 또 다른 부처님을 모셔 놓았고 그 뒤 좌우로 오르는 계단이 있다.

물론 엘리베이터도 있는데, 아직

40. 빨리 찍어요!

부처님 손바닥

은 운행하지 않는다. 그러니 걸어서 한 층, 한 층 올라가야 한다.

한 층씩 올라가며 부처님 뱃속으로 들어간다. 그 안에는 물론 또 다른 부처님이 있다.

운동 잘하는 셈이다.

몇 층인가 올라가면 밖을 내다볼 수 있게 창을 내 놓았는데, 바깥 아래를 내려다보니 부처님 손가락이 보인다. 엄청 큰 손가락이다.

지가 울고불고, 날고 뛰어 봐야 부처님 손바닥 안이다!

7층까지 걸어 올라갔다 내려와서 절 주위를 둘러본다.

역시 입에 구슬을 분 봉황이 높은 솟대 위에 서 이쪽을 바라보고 있고, 그 솟대 아래에는 솟대를 중심으로 보살인지 불교 신자인지 합장을 하며 솟대를 지키고 있다.

다시 고속도로로 들어가 달리다가 10시 30분 톨게이트를 지나 바고

미얀마 바고

시내로 들어서자 파야지(Payagyi) 쪽으로 간다.

11시 전에 가야 탁발 행렬을 볼 수 있다며 지방도를 고속도로처럼 달린다. 나중에 알고 보니 지방도로는 아니고 고속도로는 고속도로인데 바고 시내를 관통하는 도로이다.

역시 나중에 안 일이지만, 미얀마에선 고속도로라고 지방도로와 따로 분리되어 있지 않다. 그리고 고속도로건 지방도로건 그걸 관리하는 지방 자치단체에서 통행세를 받는다.

꼽표는 우리에게 많은 것을 보여주려고 애쓴다. 아주 고마운 운전수 겸 안내인이다.

꼽표가 이리 저리 골목을 지나 짜 캇 와인 짜웅(Kya Khat Wein Kyaung)으로 간다.

짜 캇 와인 짜웅: 탁발행렬

40. 빨리 찍어요!

골목에는 대형 관광버스도 많이 세워 놓았다. 물론 우리가 탄 밴 같은 차도 많다.

결국 골목길은 차들이 길 한쪽으로 빽빽이 주차하고 있어 교행은 거의 불가능하고, 들어가는 것도 간신히 들어간다.

물론 차들보다는 관광객이 훨씬 많다.

꼽표가 주차하는 동안 우리는 일단 탁발 행렬을 볼 수 있도록 수도원 안으로 들어선다.

수도원 안으로 들어가는 복도는 사람으로 꽉 차 있다.

벌써 탁발 행렬이 시작된 것이다.

사람들을 헤집고 좀 더 탁발 행렬 가까이 다가선다. 밤색 가사를 걸친 수많은 스님들이 일렬로 서서 저쪽에서부터 ㄱ자로 꺾어진 이곳을 지나 또 다른 저쪽 식당 쪽으로 천천히 가고 있다.

우린 늦은 줄 알았는데 늦은 게 아니었다. 우리가 다가서서 약 20분 정도 구경할 만큼 탁발 행렬은 그만큼 길었다. 아무리 지나가도 탁발 행렬이 줄지 않는 것이 신기할 정도였다.

스님들의 긴 행렬이 정말 신기하다.

이들에겐 일상이겠지만, 처음 보는 우리 눈에는 신기하기만 하다.

원래 그렇다. 속인의 세상에선 흔하면 가치가 떨어지고, 귀하면 가치가 오르는 법이다.

어찌 보면, 가장 흔한 것이 가장 가치 있는 것이고, 귀한 건 별 가치가 없는 것인데도 세속의 욕망에 물들어 있는 것이다.

공기나 물은 흔하지만 생존에 필수적인 것이고, 다이아몬드나 금붙이는 생존과는 별 상관이 없는 것들 아닌가!

미얀마 바고

짜 캇 와인 짜웅: 탁발행렬

아니 공기나 물이나 다이아몬드나 금붙이나 다 쓸모가 있는 것이어서 다 제각각 스스로 가치를 지니고 있는 것이지만, 속인의 눈은 흔한 것, 흔하지 않은 것을 기준으로 삼아 가치를 재단하는 착각 속의 믿음에 익숙해 있는 것이다.

처음에는 비집고 들어가기가 어려울 정도로 사람들이 빽빽하게 서 있었으나, 탁발 행렬이 길다 보니 이제 이것도 시들해서인지, 사람들이 수도원 다른 곳을 구경하느라 많이 줄어든 셈이다.

결국 흔해져 버리면 가치가 떨어지는 것을 사람들은 본능적으로 알고 있는 것이다.

흔하면 새것을 찾아 나서는 본능, 이것 때문에 문명이 발전하고, 달나라도 가고 그러는 것 아닌가!

탁발하는 스님들은 바리때를 들고 천천히 이동하다 신실한 신도들이

40. 빨리 찍어요!

주는 돈이나 쌀, 과자, 과일 등을 바리때에 받는다.

어떤 신도들은 가지고 있는 돈을 일일이 하나하나 빠짐없이 보시하는데, 아무리 돈이 많아도, 그리고 그 돈을 잔돈으로 바꾸었다 해도 이 많은 스님들에게 고루 고루 논아 줄 수가 없다. 그 전에 밑천이 떨어지기 때문이다.

그렇지만 가지고 있는 것을 키가 큰 스님, 작은 스님, 나이가 든 스님, 안 든 스님, 철이 난 스님, 안 난 스님 할 것 없이 정성껏 보시한다.

잔돈이든 큰돈이든, 쌀이든 과자든 부처님께 바치는 불심은 모두 '쎔, 쎔'이니 보는 사람들도 사진을 찍는 사람들도 모두 감동한다.

여기까지 왔으니, 나두 보시를 해야겠다.

어쩌면 보시보다도 보시하는 장면을 증명 사진으로 찍어 놓아야 겠다는 속물 근성이 앞서 주머니의 잔돈을 꺼낸다.

그리고는 외친다.

"빨리 찍어요!"

보시

미얀마 바고

식사

그냥도 보시를 하는데, 증명사진을 남기는 값은 해야 하지 않겠는가! 아니, 여기서 이런 장관을 보는 값으로도 아깝지는 않다.

드디어 행렬의 마지막 스님이다.

그 뒤를 따라 가 본다.

가보니 식당이다.

직경 1.5m 정도의 큰 밥통 속에 밥은 거의 남아 있지 않고 그 앞의 커다란 방 안에는 밥상 위에 채소와 고깃국, 달걀 등 몇 가지 찬이 놓여 있는데, 그 상 주위로 셋 내지 네 명의 스님들이 앉아 밥을 먹는다.

세상 살다 보니 스님들 밥 먹는 걸 다 구경한다.

40. 빨리 찍어요!

41. 종 모양 탑은 밖에서도 다 보이는디 뭘······.

2017년 11월 27일(월)

짜 캇 와인 짜웅(Kya Khat Wein Kyaung) 앞에서 조금 오른쪽으로 가면 로얄 테이스트(Royal Taste)라는 음식점이 있다.

이 음식점으로 들어가 점심을 먹으려 하였으나, 이 식당은 이미 관광객으로 만원이다.

에어컨 나오는 깨끗한 음식점으로 가자는 게 중론이어서 그냥 나온다.

꼽표는 다른 음식점에 들리기 전에 쉐구갈레 파야(Shwegugale Paya)로 간다. 아직 11시 50분밖에 안 되었기 때문이다.

이 절은 미얀마의 비인냐 얀(Byinnya Yan) 왕이 1494년에 조성한 역사가 오래된 것이어서 낡아 보이는 자그마한 절이지만, 나름대로 아름답고 특색이 있는 절이다.

탑 안에는 둥글게 원형을 이룬 터널이 있고, 그 터널을 따라 64분의 부처님이 앉아 계신다.

원형진을 치고 앉아 있는 부처님들은 눈, 코, 귀 입이며, 앉은 모양새가 모두 비슷비슷하여 64분의 부처님이 전부 형제인 듯하다.

그 가운데에 주황빛 가운을 걸치신 부처님이 특별히 눈에 띈다.

왜 이 분만 주황색 가운을 걸치셨을까? 이 부처님들 중에 대장이라는 표시일까? 아님, 부처님이 모두 비슷비슷하여 이 터널을 한 바퀴 돌면서 인사를 하다 보면 끝이 없으니 알아서 인사 끝내라고 보자기 같은 가운을 두르신 것인가?

이 터널은 곳곳에 아치형 열린 문이 있어 어둡지는 아니하다. 물론 밤

미얀마 바고

쉐구갈레 파야: 숨바꼭질하는 꼬마

에는 어둡겠지만.

이 열려 있는 문을 통하여 부처님들 앞에서 꼬마들이 숨바꼭질을 한다.

귀가 어깨에 붙은 부처님들은 말없이 입가에 미소를 띠며 아이들을 본다.

깨우침은 어디에나 존재하는 것! 아이들로부터 무엇인가 새로운 깨달음을 얻는 것은 아닐까?

열린 아치형 문을 나와 탑 주위를 돌아본다.

미얀마 어느 절에서나 볼 수 있는, 발목에 황금 발찌를 차고 노란 줄무늬가 있는 초록색 치마를 입고, 위에는 주황색 조끼를 걸친 두 사나이가 어깨에 종을 매달은 막대기를 지고 있다.

나는 이들을 종돌이라 이름 붙인다. 이 종돌이는 물론 살아 있는 사람

41. 종 모양 탑은 밖에서도 다 보이는디 뭘…….

이 아니라 조각상이다.

아이들은 종치는 방망이를 들고 종을 때리며 논다.

종소리가 그윽하다.

서로 종을 치려고 다투는 모습이 귀엽다.

미얀마에서는 누구나 치고 싶으면 종을 쳐도 된다. 종을 치며 부처님을 찬양하든, 아님 부처님께 소원을 빌어도 상관없다.

이 탑 밖 저쪽에는 커다란 보리수가 있는데 보리수 바로 앞에는 역시 부처님이 앉아 계시고, 그 옆 법당에는 세 분의 부처님이 모셔져 있는데, 그 앞에서 두 남자가 자유로운 폼으로 누워 낮잠을 즐기고 있다.

이 절에서 내려와 다른 바깥쪽으로는 긴 회랑이 있고, 그걸 지나면 못이 나온다.

쉐굴레이 파야 맞은 편 호수

미얀마 바고

못 한 가운데에는 쇠창살 안에 부처님을 가두어 놓은 탑과 전각이 있고, 그리로 통하는 다리가 있다.

이 다리 난간에는 두 마리의 뱀이 용틀임을 하며 난간 기둥을 오르고 있다.

한편 이 절 또 다른 맞은편에는, 그러니까 호수와 정 반대편에는 큰 부처님이 누워 계시며 중생들을 내려다보고 계신다.

이 절이 나웅또지 마탈랴웅(Naungdawgyi Myathalyaung) 파고다이다.

이 부처님의 발바닥은 많은 네모 칸으로 나뉘어져 그 안에 동그라미, 네모, 새, 나무, 집 모양의 여러 가지 그림들이 금빛을 뿜어내며 새겨져 있다.

이것이 무엇을 의미하는 걸까?

나웅또지 마탈랴웅: 와불

41. 종 모양 탑은 밖에서도 다 보이는디 뭘……

아마 이 불상의 발바닥을 조각한 사람이 무엇인가 의도적으로 그렇게 해 놓았겠지만, 나그네로서는 그 뜻을 짐작하기가 어렵다.

나웅또지 마탈랴웅: 부처님 발바닥

단지 진짜 부처님 발바닥이 이렇게 생기지는 않았을 터인데, 신성한 부처님 발바닥 가지고 장난을 친 건 아닐까?

나웅또지 마탈랴웅 지킴이

계단을 내려오니 이 절 입구는 하얀 아기 코끼리가 지키고 있다.

이제 12시가 조금 지났다.

점심을 먹으러 바고 다운타운 한 가운데에 있는 빌딩으로 간다.

이 빌딩 2층인가에는 은행이 있고, 3층인가 4층인가에는 식당이 있다.

대만음식점으로 들어간다.

일단 시원한 쥬스를 한 컵씩 가져다 준다. 그리고 주문을 받는다.

미얀마 바고

해물 샤브샤브를 선택하여 해물과 채소 등 이것저것을 골라 가며 시킨다. 물론 얇게 썬 소고기도 기본으로 나온다. 끓는 육수에 이들을 데쳐서 소스에 찍어 먹는 것이다.

그런데, 소스가 별로 맘에 안 든다. 입맛에 맞지 않는다.

모두 12,200짯(약 10,000원 정도)이 들었다.

점심을 먹고, 아래층의 은행에서 돈을 조금 바꾼다.

그리고는 쉐모도(Shemawdaw) 파고다로 간다.

두 시쯤 되어 쉐모도 파고다 앞으로 갔는데, 입장료가 10,000짯(약 8,000원)이란다.

뭐 이리 비싸?

이 절은 양곤의 쉐다곤, 바간의 쉐지곤과 함께 미얀마의 대표적인 세

쉐모도 파고다의 종 모양 탑을 둘러싼 새끼 탑들

41. 종 모양 탑은 밖에서도 다 보이는디 뭘…….

개의 절이라 한다. 그러니 비쌀 수밖에!

이 절은 쉐다곤 파고다에 얽힌 이야기에도 나온다.

곧, 이 절에 부처님을 모신 두 상인이 부처님 머리카락 8개를 받아 6개는 양곤의 쉐다곤 파고다에, 2개는 이곳에 가져와 모셨다는 이야기가 전해 내려온다.

또한 이 절에는 113m의 큰 종 모양 탑이 있다.

여기 사람들은 이 탑이 양곤의 쉐다곤 파고다보다 더 높다고 자랑한다.

그러나 이 탑 주변이 좁아서 아무리 용을 써도 이 탑이 사진 속에 들어가지는 않는다.

다 장단점이 사이좋게 함께 존재하는 것이다.

여하튼 이 절의 종 모양 탑은 종 모양 새끼 탑을 거느리고 있는데, 아름답기는 하다.

돈 내는 걸 모르고 계단을 올라가 사진을 찍는데, 헐레벌떡 뛰어 올라와 티켓을 사지 않았다고 나를 막 몰아낸다.

허, 참! 어쩐지 이 선생과 초롱 씨가 안 올라오더라니…….

티켓을 사서 다시 올라가 볼까 하다가 그만둔다.

다시 올라가려니 그리 높지는 않지만, 그 동안 수고한 내 다리도 생각해 줘야 하고, 돈은 비싼데 큰 종 모양 탑 말고 별로 볼 게 없는 것 같아 그만 둔 것이다.

그리고 무엇보다도 이 거대하고 화려한 종 모양 탑은 밖에서도 다 보이는디 뭘…….

42. 구렁이를 모셔 놓았다고?

2017년 11월 27일(월)

꼽표는 시내를 벗어나 어딘지 모르겠는데, 황폐한 시골길로 가 어느 동산으로 오르다가 차를 세운다.

3시 10분이다.

쉐고 파고다(?)라던가?

쉐고 파고다

계단을 오르니 종 모양 탑이 나오고 법당이 나온다.

이 종 모양 탑은 특이하다. 곧, 기단부는 주름으로 각이 진 네모꼴이고, 그 위에 종 모양 탑을 올려놓았다.

모두 황금색으로 빛나고 이 탑 양쪽에는 황금색 솟대 위의 봉황이 종을 바라보고 있다.

법당에서는 설법을 하고 있다.

쉐고 파고다 전망: 쉐모도 파고다

염불에는 관심 없고 잿밥에만 관심 있다고, 설법은 제쳐 두고 전망을 관망한다.

전망은 동서남북 어디나 좋다.

아까 잠깐 돈 안내고 들어갔던 쉐모도 파고다가 저쪽 밀림 위로 보이고, 또 다른 쪽은 숲속 여기저기 판잣집들과 그 뒤로 또 다른 황금빛 종 모양 탑과 절이 보이고, 또 다른 쪽은 이 절 오르는 곳의 금빛 지붕과 그 너머 집들이 보이고, 그 너머로 밀림 속의 황금빛 탑들이 이곳저곳 보인다.

이제는 이곳에서 별로 떨어져 있지 않은 므웨 파고다(Hmwe Pagoda)로 간다.

이 절은 구렁이를 모시고 있는 절이라서 구렁이 사원(Snake Pagoda)

으로 알려져 있다.

이 절은 언덕 위에 종 모양 탑이 있고 그 계단 옆에는 구렁이가 감고 올라가 불상을 옹호해주는 솟대가 있다. 곧, 솟대 위에 불상이 안치되어 있고 그 위에 구렁이의 대가리가 있고 구렁이 입에서는 혓바닥이 길게 나와 부처님 앞으로 드리워져 있다.

저 부처님은 무섭지도 않나?

그러나 이것 때문에 구렁이 사원이라고 하는 것은 아니다. 살아 있는 구렁이가 모셔져 있으니 구렁이 사원이라 하는 것이다.

살아 있는 구렁이는 그럼 어디에 있는고?

솟대 옆으로도 종 모양 탑이 있고 또 그 옆으로는 법당이 있는데, 그 안 침상 위에는 돈을 움켜쥔 낫(Nat: 정령) 두 분이 모셔져 있고, 그 침

므웨 파고다의 구렁이

42. 구렁이를 모셔 놓았다고

상 밑에는 커다란 비단 구렁이가 꼼짝 안 하고 또아리를 틀고 있다.

이 낡은 구렁이를 사육하여 모셔 놓고 신격화 시킨 분이라는데, 죽어서 낡이 되었다고.

그 앞에는 은으로 만든 바리때가 있고, 구렁이 앞으로 돈들이 수북이 쌓여 있다.

물론 그 앞에는 스님이 한 분 앉아 돈 뭉치를 지키고(?) 있다.

큰 구렁이를 친견한다.

그러나 내가 왔는데도 불구하고, 누가 보건 말건, 구렁이는 꿈쩍도 안 한다.

저게 정말 구렁이인가? 아님 만들어 놓은 가짜 아닐까? 의심이 들어 한 번 꾸~욱 찔러 보고 싶다.

그러나 그 앞의 스님이 가만히 있을지 모르겠다. 이 구렁이는 이 절의 재산인데…….

찔러 보고 싶은 마음을 간신히 추스르며 구렁이가 스스로 움직일 때를 기다려 본다.

그렇지만 구렁이는 구렁이다. 꿈쩍도 않는다.

그냥 구렁이가 움직일 때를 기다리다간 해 넘어가겠다.

저놈이 움직인들, 안 움직인들 해는 동쪽에서 떠서 서쪽으로 지는 법!

큰 깨달음을 얻고 구렁이 사원을 나온다.

여기 미얀마에 와서는 깨달음도 가지가지 여러 번 얻는다.

이제 힌타 곤(Hintha Gon) 사원으로 간다.

절로 오르는 계단 옆에 방이 하나 있는데, 그곳에서 음악 소리가 크게 들려온다.

미얀마 바고

힌타곤 파고다: 무당 춤

들여다보니, 제사상 앞에서 무당이 춤을 추고 있고, 사람들이 그 무당을 빙 둘러 앉아 악기를 연주하고 있다.

이런 건 녹화를 해야 한다.

여기에서 녹화한 것을 보여드리지 못해 읽는 분들께 미안하다.

힌타곤 사원의 '힌타'는 앞에서 말한 바와 같이 백조를 의미한다.

그러니 이 힌타 곤 사원에서 반드시 확인해야 할 것은 숫컷 백조가 암컷 백조 등에 올라탄 모습이다.

이 절의 정문 위에는 스님들이 일렬로 서 있고 맨 앞의 한 사람(아마도 바고 왕국을 세운 몬 족의 왕자일 거다)이 한 손으로 한참 열심히 짝짓기 하는 백조 한 쌍을 가리키고 있는 것을 보아야 한다.

또한 이 절 안으로 들어가면 기둥의 받침대마다 암컷 위에 올라탄 수

42. 구렁이를 모셔 놓았다고

컷 백조가 조각되어 있으니 관광객들은 이를 확인할 의무가 있다.

뿐만 아니다. 이 절의 불전 앞에는 몬 족의 왕자가 무리를 끌고 이 땅에 온 모습의 입상이 세워져 있다.

이는 몬족의 두 왕자가 바고에 처음 왔을 때 본 것을 조각해 놓은 것으로서 바고라는 도시가 어떻게 설립되었는지를 증명하는 것이기도 하고, 이 절이 세워진 이유가 이 왕자들 때문이며, 이 절이 얼마나 오래된 역사적인 절인지를 말해 주는 것이기도 하다.

이 절 법당의 한 가운데에는 탑이 세워져 있고 탑의 네 면에는 감실을 만들어 부처님을 모셨는데, 부처님 머리 뒤의 광배는 네온사인으로 반짝이게 해 놓았다.

아마 세월이 좀 더 흐르면, 전기값 때문에 LED로 바꿀지도 모른다.

힌타곤 파고다: 백조 상

미얀마 바고

43. 에이, 부처님답지 않게시리.

2017년 11월 27일(월)

이제 짜익 푼 파고다(Kyaik Pun Pagoda)를 보러 간다.

이 절은 7세기경 바고의 미가디파(Migadippa) 왕이 지었는데, 1475년 몬 족의 히타와디 왕국의 담마제디(Dhammazedi) 왕이 다시 지은 절이다.

담마제디 왕이 왕이 된 사연에는 다음과 같은 흥미로운 이야기가 전해 온다.

몬 족의 신 소 푸(Shin Saw Pu) 공주는 오빠인 바고의 왕에 의해 인와(Inwa)의 왕과 정략결혼하게 되었다.

당시 북부 미얀마의 인와에는 신 담마제디(Shin Dhammazedi)라는 이름과 신 담마팔라(Shin Dhammapala)라는 이름의 두 스님이 포교하러 와 있었는데, 이 두 스님은 신 소 푸 공주보다 훨씬 나이가 어리지만, 신 소 푸 공주의 존경을 받는 스승이 되었다.

신 소 푸 공주의 남편인 인와의 왕이 죽자, 그녀는 그 후계자에 의해 옥에 갇히게 되었는데, 이 두 스님의 도움으로 탈출하여 고향인 남부 미얀마 바고로 도망쳐 그녀 오빠의 보호를 받고 살았다.

바고의 왕인 오빠가 죽자, 신 소 푸 공주가 한타와디 왕국을 7년 동안 다스렸다.

신 소 푸 여왕이 66세가 되자 종교에 헌신하기 위해 왕위를 물려주려 하였는데, 그녀에게는 성격이 온순한 딸 하나 밖에 없었다.

이 여왕은 왕국의 앞날을 걱정하여 이 두 스승 가운데 한 분에게 왕위를 물려주기로 결심한다.

여왕은 옻칠한 음식 상자 두 개를 들고서 이 두 스승에게 하나씩 골라 가지게 했다.

이 상자들 중 하나에는 음식이 담겨 있었고, 또 다른 하나에는 왕권을 상징하는 보주(寶珠)가 들어 있었다.

보주를 받은 담마제디에게 여왕은 상황을 설명하고, 그를 양자로 삼아 왕위를 물려주었다 한다.

그는 학승으로 유명했을 뿐만 아니라, 통치자로서도 유능하고 현명하여 많은 업적을 남겼다.

'짜익(Kyaik)'은 몬 족 말로 부처님을 '푼(Pun)'은 넷을 뜻하므로 짜익 푼 파고다는 '네 부처님을 모신 절'이라는 뜻이다.

짜익 푼 파고다

미얀마 바고

이 절은 건물 네 면에 27m 높이의 좌불상을 안치시킨 유명한 절이다. 이 네 분의 부처님은 현세에 열반의 경지에 든 카사파 부처님(Kassapa Buddha), 카쿠산다 부처님(Kakusandha Buddha), 코나가마나 부처님(Konagamana Buddha) 그리고 고타마 부처님(Gautama Buddha)이다.

이 분들은 모두 금빛 가사를 걸치시고 있는데, 얼굴 표정이 약간씩 다르다.

동서남북 네 곳을 주시하는 부처님들은 이 세상 모든 것을 꿰뚫어 보려는 듯하다.

네 분의 부처님이 사방 중생을 살피시겠지만, 정작 네 부처님이 등지고 있는 건물 안은 보지 못하신다.

요걸 네 부처님은 알랑가 몰라?

이 부처님들을 조성할 때 몬 족의 네 자매가 관여하였는데, 이 네 자매는 살아생전 절대 결혼을 하지 않을 것을 맹세하였단다.

만약 이들 중 하나라도 결혼을 하게 되면, 부처님 중 하나가 붕괴될 것이라는 전설이 내려오고 있다.

그런데 문제는 이 넷 중 한 여인이 사랑에 빠져 맹세를 어기고 결혼을 했고 그 결과 카사파 부처님의 불상이 붕괴되었다 한다.

에이, 카사파 부처님두! 부처님답지 않게시리. 그냥 사랑하라고 축복하시면 되지 무슨 전설 따라 삼천리라고, 무너지기는 왜 무너지누?

실제로 1930년 지진에 의해 네 부처님 중 한 분의 불상이 벽돌의 겉모양만 남기고 무너져 버렸지만, 후에 완전히 복구되었다.

역시 이 절 입장료는 10.000짯(약 8,000원)이다.

부처님도 안 보이는 건물 안으로 들어가 보고 싶었으나 10,000짯이

43. 에이, 부처님답지 않게시리.

아까워······.

"뭐 볼 기라고! 그게 그거지."

"네 부처님은 여기서두 잘 보이는데 뭘!"

하면서, 주변 사진만 찍는다.

나중에 팻말을 자세히 들여다보니, 10,000짯의 티켓을 사면 바간 시내의 모든 부처님들을 만나 볼 수 있다는 말이지, 단지 각각의 절에 들어갈 때마다 내는 입장료가 아니다.

곧 이 티켓은 외국인의 바간 시내 유적지 관광료인 것이다.

이럴 줄 알았으면, 쉐모도 파고다에서 표 안 샀다고 막 쫓겨날 때 그냥 10,000짯을 주어 버릴 걸 그랬다 싶다.

모르는 게 병이다. 병!

쿠 데인 쿠 탄 파고다의 양산 쓴 부처님들

미얀마 바고

쿠 데인 쿠 탄 파고다의 종 모양 탑들

그러나 지금 돈 주고 사고 싶은 마음은 없다.

거의 다 봤는데 뭘!

이제 쿠 데인 쿠 탄 파고다(Koe Thein Koe Than Pagoda)로 간다.

이 절은 종 모양 탑들이 엄청 많다.

종 모양 탑만 많은 것이 아니다. 이 절은 양산을 쓴 수많은 부처님들 (어쩌면 스님들일지도 모르겠다)이 한쪽 편에 일열 종대로 서서 불탑을 경배 하고 있다.

꼽표는 이제 우리를 바 인 나웅(Ba Yin Naung) 왕이 지은 마하 자 이데 파야(Maha Zayde Paya)로 안내한다.

벌써 해는 뉘엿뉘엿 지고 있다.

'마하'는 '크다'는 뜻이고 '자이데'는 '탑'이라는 뜻이니 우리말로 번역

43. 에이, 부처님답지 않게시리.

마하 자이데 파야에서 내려다 본 풍경

마하 자이데 파야에서 내려다 본 풍경

미얀마 바고

마하 자이데 파야: 해넘이를 기다리며

하면 대탑사(大塔寺) 정도가 되겠다.

절 이름처럼 종 모양의 사리탑이 무척 크다.

가파른 계단을 108개 오르니 종 모양 탑의 가운데 부분에 도달한다.

전망이 장관이다. 바고 시내가 조감된다. 멀리 쉐모도 파고다도 보이고,

그러나 마음은 조마조마하고 무섭다. 고소공포증이 있는 건 분명 아닌데…….

저 밑의 주내가 까마득하다.

약 50cm 정도의 너비를 가진 둘레길을 타라 탑 둘레를 조심조심 걷는다.

해는 지고 있다.

43. 에이, 부처님답지 않게시리.

마하 자이데 파야: 전망

마하 자이데 파야에서 본 해넘이

미얀마 바고

마하 자이데 파야에서 본 해넘이

조금 있으면 해가 넘어갈 것이다.

일몰 사진을 찍으려고 기다린다. 좋은 사진이 나올 듯해서다.

계속 이쪽저쪽으로 카메라 셔터를 누른다.

해가 지는 광경은 정말 황홀하다.

큰 종 모양 탑 주변에 장식해 놓은 작은 탑의 지붕을 배경으로 지는 해를 찍은 다음 조심스럽게 내려온다.

그리고 호텔로 향한다.

궁전은 문 닫은 지 오래라서 관람할 수 없다.

아마라 골드 호텔에서 체크인 하고 샤워 룸으로 뛰어든다.

43. 에이, 부처님답지 않게시리.

44. 흔들바위 위의 탑

2017년 11월 28일(화)

아마라 골드 호텔이 별로 안 좋다.

6.6평으로 좁은 것은 이해가 가지만, 덮는 이불에서 쉰 땀 냄새가 난다. 에어컨도 시원찮다.

어차피 양곤의 텐마일 호텔로 차가 돌아갈 바에야 텐마일에서 자는 게 나을 듯해서 기사에게 방 두 개가 먼저 잤던 가격으로 가능한 지 물어보라 하니, 가능하단다.

오케이!

텐마일 호텔에 방을 부탁하고 아마라 골드 호텔에는 오늘 아침에 체크아웃 하겠다고 이야기해 놓는다.

8시에 체크아웃하고, 짜익티요의 황금 바위(Kyaikhtiyoe Golden Rock)를 보기 위해 출발한다. 이 황금 바위는 밀면 흔들거리는 흔들바위이다.

거리는 벌써 분주하다.

10시쯤 짜익토(Kyaikto)에 도착한다.

이제 트럭 버스로 갈아타고 흔들바위 위의 탑이 있는 산위로 올라가야 한다. 차비는 일인당 2,000짯(약 1,600원)이다.

한 줄에 여섯 앉는 자리를 통째로 산다. 돈이 좋긴 좋다. 여섯이 비집고 앉아야 할 자리를 넷이 여유 있게 앉는다.

차가 산위로 떠난 것은 10시 반이 훨씬 넘어서였다. 꽉 차야 떠나기 때문이다.

가파른 산길을 잘도 올라간다. 청룡열차 타듯 오르락내리락 잘도 간

미얀마 짜익티요

짜익티요 가는 전용 버스

다. 2,000짯을 받을 만하다.

가는 도중 좌우로는 대숲이 우거져 있다. 대는 가는 대인데, 잎은 바나나 잎처럼 크다.

중간에 케이블카 공사가 한창이다. 저게 완성되면 저걸 타고 오르내릴 거다.

드디어 종착점이다.

트럭 버스에서 내리니 대나무 가마꾼들이 따라붙어 절까지 45분 걸린다면서 왕복 30,000짯(약 24,000원)이라며 우릴 유혹한다.

초롱인 그걸 타고 가자고 이 선생을 조른다.

그렇지만 우리는 운동 삼아 걷자고 한다.

이들은 계속 따라오며, 이제는 20,000짯(16,000원)이란다.

44. 흔들바위 위의 탑

그렇지만 안 타고, 걷기를 잘했다.

별로 어려운 길도 아니고, 금방 절 입구에 도착하였기 때문이다. 왕복을 해도 45분은커녕 20분이면 충분한 1km 남짓 되는 거리이다.

"순 사기꾼들!"이라는 말이 절로 나온다. 어쩌면 저렇게 거짓말을 할 수 밖에 없는 저들의 처지가 안타깝기도 하다.

절 입구에서는 외국인에게는 일인당 10,000짯(약 8,000원)의 입장료를 받는다. 자슥들~.

그렇지만 10,000짯 값어치는 있는 듯싶다.

산꼭대기라서 전망은 아주 좋다.

산꼭대기에 큰 마을이 형성되어 있다.

흔들바위 위에 있는 종 모양 탑이 명물은 명물이다.

짜익티요의 가마꾼들

미얀마 짜익티요

짜익티요에서 내려다 본 마을

조놈이 이 동네 사람들의 젖줄인 셈이다. 돈을 벌어다 주는 효자 노릇을 톡톡히 하는 것이다. 여기 오는 사람들 가운데 이 마을 사람들을 제외하면 모두가 저 흔들바위 위의 종 모양 탑을 보러 오는 것이니까.

오르는 도중에는 흔들바위 위의 종 모양 탑 비슷한, 그러니까 짝퉁 탑들도 많이 있다.

세계적으로 유명한 물건이다.

흔들바위 위의 탑도 탑이지만, 산 이쪽저쪽으로 함석지붕의 마을과 이상한 바위들, 그리고 그 위의 짝퉁 탑들, 그리고 무엇보다도 구름이 일어 그 경치를 싸악 덮기 직전의 경치란 이루 말 할 수 없을 정도로 아름답다.

물론 그 길 가장자리엔 음식과 기념품들을 파는 사람들이 많다.

우린 일단 그 유명한 흔들바위 위의 탑을 보러 간다. 이 탑이 오늘의 주인공이니까!

아래위로 왔다 갔다 하면서 탑을 사진기에 넣는다.

사진에 찍히는 사람들이 마치 탑을 두 손에 받쳐 든 포즈를 취하면 사진사는 아래위로 사진기를 잘 조정하여 찍기도 한다.

흔들바위 옆으로 들어가서 직접 흔들바위 옆에서 포즈를 취할 수도 있다.

흔들바위 옆으로 가기 위해선 그것을 지키는 순경(군인?)에게 카메라와 소지품을 맡기고 가야 한다. 물론 발은 이 절에 들어올 때부터 맨발이다.

사진기와 모자를 맡기고 흔들바위에 손을 대고 미는 시늉을 하니 지키던 사람이 질겁을 하고 뛰어와 못하게 한다.

짜익티요의 명물: 흔들바위 위의 탑

미얀마 짜익티요

엄청 놀란 모양이다.

그도 그럴 것이 이 흔들바위를 밑으로 떨어뜨려 버리면 여기 관광은 끝나는 것이다. 그리고 뉴스에 내 얼굴이 크게 나오겠지?

어찌되었든 그렇게 되면 미얀마 관광청이 무지 손해를 본다. 게다가 여기까지 운반해 주는 트럭 버스 종사자들, 흔들바위 지킴이들, 관광객을 상대로 하는 식당, 그리고 장돌뱅이 아줌마들 모두 실직자가 되어 굶어야 한다.

짜익티요의 명물: 흔들바위 위의 탑

이런 걸 잘 아는 내가 설마 이 흔들바위를 굴러 떨어뜨릴 리가 있는가? 내가 힘이 센 것도 아니고, 정말로 흔들리는지 살짝 체험만 해보려 한 것인데⋯⋯.

손에 금가루만 묻히고 그냥 포즈를 취한다. 저 아래서 주내가 사진을 찍는다.

44. 흔들바위 위의 탑

45. 신은 결코 교만한 자를 편들지 않는다.

2017년 11월 28일(화)

점심은 산 정상 흔들바위 옆 카페에서 3,500짯(약 2,800원)짜리 샌드위치로 때운다.

각종 커피나 주스도 대개 3,000짯(약 2,400원)이다. 금방 우려내는 커피(2,500짯: 약 2,000원)를 한 잔 시킨다.

이 선생은 아보카도 주스와 샌드위치를 시키고.

세금 포함 13,000짯(약 10,000원)에 점심을 때우고 이제 하산한다.

그냥 하산하기에는 좀 심심한 생각도 들고, 여기 짜익티요 폭포(Kyaikhtiyoe Waterfall)도 들려야 한다는 말이 있어 폭포를 보러 가는 트럭 버스를 탄다.

폭포까지 2,000짯이고, 폭포에서 산 아래 주차장까지 또 2,000짯을 내야 한다고 한다. 그러면 야들 말대로 피니쉬(finish)다.

그런데 트럭버스엔 20명이 타야 출발한다고 하는데, 사람들이 안 탄다.

벌써 트럭에 올라타고 기다린 지 한 시간이나 지났다. 벌써 두 시가 다 되어 간다.

"언제나 가려나?"

시간은 많다. 폭포만 보면 오늘 일정은 피니쉬이니, 그냥 기다린다.

"누가 이기나 보자! 우린 시간 많다."

폭포 가는 데 아무래도 20명이 되려면 4명이 모자란다.

"그냥 가자."

미얀마 짜익티요

"안 된다. 20명 되어야 간다."

"그냥 가자. 아니면 우리 모두 내린다."

협박을 해 봐야 소용없다.

차에 탄 사람들에게 우리 모두 함께 내려 버리자고 선동한다.

그렇지만, 아무리 말을 해도 제대로 알아듣는 사람이 없으니 선동은 실패다.

바디 랭기지를 통해 몇몇은 알아들은 듯하나 웃기만 할 뿐, 따라 내리지는 않는다.

안 되겠다, 우리가 모범을 보이자. 트럭에 앉아 있느니, 저들을 협박도 할 겸 밖에서 어슬렁거리는 것이 나을 듯하여 우리 넷만 내린 것이다.

우리가 내렸으니 따라 내려야 말이 되는 건데, 아무도 안 따라 내린다.

짜익티요의 트럭 버스

45. 신은 결코 교만한 자를 편들지 않는다.

짜익티요: 어깨 짐을 진 고산족

에이, 어리석은 중생들이여!

트럭 버스는 이제 8명이 와서 타야 20명이 되어 출발할 것이다.

내려서 조금 걸어 보나, 여기는 별로 볼 게 없다.

에잉~.

다시 돌아가 설득해 보자. 그래도 야들은 꿈쩍도 안 한다.

돈만 많으면, 20인분 4만짯(약 32,000원) 팍 주어 버리고 버얼써 출발했을 텐데……

이런 교만한 생각 때문에 부처님은 우리에게 돈을 많이 안 주시는 모양이다.

신은 결코 교만한 자를 편들지 않는다.

여하튼 미얀마 부처님은 미얀마 이 친구들 편이다.

미얀마 짜익티요

야들은 그냥 느긋하다. 가면 가고 안 가면 안 가도 된다는 식이다.

기다리다 기다리다 우리까지 포함하여 18명이 되었는데도, 움직일 생각을 안 한다.

한 사람 분 차비를 더 줄 테니 가자고 꼬셔서 마지못해 출발한다.

이윽고 폭포 있는 곳으로 왔다.

그렇지만 폭포는 한참 걸어서 내려가야 한다.

그런데 이렇게 공들여 온 폭포는 정말 별 볼일 없다! 발품 팔은 게 아깝다.

흔들바위 탑을 보고 내려가는 사람들에게 폭포, 폭포 하고 외치면서 호객 행위를 했는데도 그냥 간 사람들이 참으로 현명하다.

이런 걸 사람들이 어찌 알고? 사람들이 아니라 귀신들이다.

짜익티요 폭포 가는 길

45. 신은 결코 교만한 자를 편들지 않는다.

짜익티요

여기 오시는 분들, 절대 폭포 보라고 안 권한다.

이 글을 읽으시고도, 굳이 꼭 폭포를 보아야겠다는 엉뚱한 분이 더러 있다.

그런 분들은 후회 없이 가보시라. 단 내가 책임은 안 진다.

폭포 같지도 않은 폭포를 보고 비탈을 걸어 올라와 다시 그 트럭을 탔는데, 요게 내려가는 게 아니라 다시 정상으로 올라간다.

이 트럭 버스의 조수는 사진을 하나 찍으라고 포즈를 취해 준다.

받지도 못하는 사진이지만, 스스로 잘 생겼다고 생각하며 찍히고 싶은 거다.

아니 찍는 순간을 즐기는 거다.

찍어 주는 대신 이 사진의 초상권은 나에게 있다는 다짐을 받는다.

미얀마 짜익티요

참 세상 복잡해졌다. 이런 것 까지 말하고 찍어야 하니…….

결국 정상에서 다시 트럭 버스를 갈아타고 내려오니 4시 20분이다. 물론 내려 올 때에도 차비는 2,000짯이 들었다.

우리 기사가 선물 산다고 조금만 기다려 달라 하여, 5시가 조금 지나서 출발한다.

바고 가는 도중, 노을이 정말 빨갛게 진다.

저렇게 빨간 노을은 처음 본다.

그나저나 밤 9시나 되어야 호텔에 도착할 텐데. 저녁을 어쩌누?

〈동남아 여행기 2: 태국 편〉으로 이어짐

45. 신은 결코 교만한 자를 편들지 않는다.

책 소개

* 여기 소개하는 책들은 **주문형 도서(pod: publish on demand)**이므로 시중 서점에는 없습니다. 교보문고나 부크크에 인터넷으로 주문하시면 4-5일 걸려 배송됩니다.

http//www.kyobobook.co.kr/ 참조.

http://www.bookk.co.kr/ 참조.

여행기(칼라판)

〈일본 여행기 1: 대마도 규슈〉 별 거 없다데스! 부크크. 2020. 국판 칼라 202쪽. 14,600원 / 전자책 2,000원.

〈일본 여행기 2: 고베 교토 나라 오사카〉 별 거 있다데스! 부크크. 2020. 국판 칼라 180쪽 / 전자책 2,000원.

〈타이완 일주기 1: 타이베이 타이중 아리산 타이난 가오슝〉 자연이 만든 보물 1. 부크크. 2020. 국판 칼라 208쪽. 14,900원 / 전자책 2,000원.

〈타이완 일주기 2: 헝춘 컨딩 타이동 화롄 지룽 타이베이〉 자연이 만든 보물 2. 부크크. 2020. 국판 칼라 166쪽. 13,200원 / 전자책 1,500원.

〈중국 여행기 1: 북경, 장가계, 상해, 항주〉 크다고 기 죽어? 부크크. 2023. 국판 칼라 230쪽. 16,000원 / 전자책 2,000원.

〈중국 여행기 2: 계림, 서안, 화산, 황산, 항주〉 신선이 살던 곳. 부크크. 2023. 국판 칼라 308쪽. 25,700원 / 전자책 2,000원.

〈태국 여행기: 푸켓, 치앙마이, 치앙라이〉 깨달음은 상투의 길이에 비례한다. 부크크. 2023. 국판 칼라 230쪽. 16,000원. / 전자책 2,000원.

〈동남아시아 여행기: 태국 말레이시아〉 우좌! 우좌! 부크크. 2019. 국판 칼라 234쪽. 16,200원 / 전자책 2,000원.

〈동남아 여행기 1: 미얀마〉 벗으라면 벗겠어요. 부크크. 2023. 국판 칼라 320쪽. 26,900원 / 전자책 2,000원.

〈동남아 여행기 2: 태국〉 이러다 성불하겠다. 부크크. 2023. 국판 칼라 228쪽. 15,900원 / 전자책 2,000원.

〈동남아 여행기 3: 라오스, 싱가포르, 조호바루〉 도가니와 족발. 부크크. 2023. 국판 칼라 쪽. 262쪽. 19,200원 / 전자책 2,000원.

〈동남아 여행기 4: 베트남, 캄보디아〉 세상에 이런 곳이!: 하롱베이와 앙코르와트. 부크크. 2023. 국판 칼라 338쪽. 28,700원 / 전자책 3,000원.

〈인도네시아 기행〉 신(神)들의 나라. 부크크. 2023. 국판 칼라 134쪽.
12,100 원 / 전자책 2,000원.

〈중앙아시아 여행기 1: 카자흐스탄, 키르기스스탄〉 천산이 품은 그림 1.
부크크. 2020. 국판 칼라 182쪽. 13,800원 / 전자책 2,000원.

〈중앙아시아 여행기 2: 카자흐스탄, 키르기스스탄〉 천산이 품은 그림 2.
부크크. 2020. 국판 칼라 180쪽. 13,700원 / 전자책 2,000원.

〈조지아, 아르메니아 여행기 1〉 코카사스의 보물을 찾아 1. 부크크. 2020.
국판 칼라 쪽. 184쪽. 13,900원 / 전자책 2,000원.

〈조지아, 아르메니아 여행기 2〉 코카사스의 보물을 찾아 2. 부크크. 2020.
국판 칼라 쪽. 182쪽. 13,800원 / 전자책 2,000원.

〈조지아, 아르메니아 여행기 3〉 코카사스의 보물을 찾아 3. 부크크. 2020.
국판 칼라 쪽. 192쪽. 14,200원 / 전자책 2,000원.

〈터키 여행기 1: 이스탄불 편〉 허망을 일깨우고. 부크크. 2021. 국판 칼
라 쪽. 250쪽. 17,000원 / 전자책 2,500원.

〈터키 여행기 2: 아나톨리아 반도〉 잊혀버린 세월을 찾아서. 부크크. 2021.
국판 칼라 286쪽. 22,800원 / 전자책 2,500원.

〈시리아 요르단 이집트 기행〉 사막을 경험하면 낙타 코가 된다. 부크크.
  2021. 국판 칼라 290쪽. 23,400원 / 전자책 2,500원.

〈마다가스카르 여행기〉 왜 거꾸로 서 있니? 부크크. 2019. 국판 칼라
  276쪽. 21,300원 / 전자책 2,500원.

〈러시아 여행기 1부: 아시아〉 시베리아를 횡단하며. 부크크. 2019. 국
  판 칼라 296쪽. 24,300원 / 전자책 2,500원.

〈러시아 여행기 2부: 모스크바 / 쌩 빼쩨르부르그〉 문화와 예술의 향기.
  부크크. 2019. 국판 칼라 264쪽. 19,500원 / 전자책 2,500원.

〈러시아 여행기 3부: 모스크바 / 모스크바 근교〉 동화 속의 아름다움을 꿈
  꾸며. 부크크. 2019. 국판 칼라 276쪽. 21.300원 / 전자책 2,500원.

〈유럽여행기 1: 서부 유럽 편〉 몇 개국 도셨어요? 부크크. 2020. 국판 칼
  라 280쪽. 21,900원 / 전자책 3,000원

〈유럽여행기 2: 북부 유럽 편〉 지나가는 것은 무엇이든 추억이 되는 거야.
  부크크. 2020. 국판 칼라 280쪽. 21,900원 / 전자책 3,000원.

〈북유럽 여행기: 스웨덴-노르웨이〉 세계에서 제일 아름다운 곳. 부크크.
  2019. 국판 칼라 256쪽. 18,300원 / 전자책 2,500원.

〈유럽 여행기: 동구 겨울 여행〉 집착이 삶의 무게라고. 부크크. 2019. 국
판 칼라 300쪽. 24,900원 / 전자책 3,000원.

〈포르투갈 스페인 여행기〉 이제는 고생 끝. 하느님께서 짐을 벗겨 주셨노
라! 부크크. 2020. 국판 칼라 200쪽. 14,500원 / 전자책 2,500원.

〈미국 여행기 1: 샌프란시스코, 라센, 옐로우스톤, 그랜드 캐년, 데스 밸
리, 하와이〉 허! 참, 이상한 나라여! 부크크. 2020. 국판 칼라 328
쪽. 27,700원 / 전자책 3,000원.

〈미국 여행기 2: 캘리포니아, 네바다, 유타, 아리조나, 오레곤, 워싱턴〉 보
면 볼수록 신기한 나라! 부크크. 2020. 국판 칼라 278쪽. 21,600원
/ 전자책 2,500원.

〈미국 여행기 3: 미국 동부, 남부. 중부, 캐나다 오타와 주〉 그리움을 찾
아서. 부크크. 2020. 국판 칼라 286쪽. 23,100원 / 전자책 2,500원.

〈멕시코 기행〉 마야를 찾아서. 부크크. 2020. 국판 칼라 298쪽. 24,600원
/ 전자책 3,000원.

〈페루 기행〉 잉카를 찾아서. 부크크. 2020. 국판 칼라 250쪽. 217,00원 /
전자책 2,500원.

〈남미 여행기 1: 도미니카 콜롬비아 볼리비아 칠레〉 아름다운 여행. 부크크. 2020. 국판 칼라 266쪽. 19,800원 / 전자책 2,000원.

〈남미 여행기 2: 아르헨티나 칠레〉 파타고니아와 이과수. 부크크. 2020. 국판 칼라 270쪽. 20,400원 / 전자책 2,000원.

〈남미 여행기 3: 브라질 스페인 그리스〉 순수와 동심의 세계. 부크크. 2020. 국판 칼라 252쪽. 17,700원 / 전자책 2,000원.

우리말 관련 사전 및 에세이

〈우리 뿌리말 사전: 말과 뜻의 가지치기〉. 재개정판. 교보문고 퍼플. 2016. 국배판 양장 916쪽. 61,300원 /전자책 20,000원.

〈우리말의 뿌리를 찾아서 1〉 코리아는 호랑이의 나라. 교보문고 퍼플. 2016. 국판 240쪽. 11,400원 / e퍼플. 2019. 전자책 247쪽. 4,000원.

〈우리말의 뿌리를 찾아서 2〉 아내는 해와 같이 높은 사람. 교보문고 퍼플. 2016. 국판 234쪽. 11,100원.

〈우리말의 뿌리를 찾아서 3〉 안데스에도 가락국이……. 교보문고 퍼플. 2017. 국판 239쪽. 11,400원.

수필: 삶의 지혜 시리즈

〈삶의 지혜 1〉 근원(根源): 앎과 삶을 위한 에세이. 교보문고 퍼플. 2017. 국판 249쪽. 10,100원.

〈삶의 지혜 2〉 아름다운 세상, 추한 세상 어느 세상에 살고 싶은가요? 교보문고 퍼플. 2017. 국판 251쪽. 10,100원.

〈삶의 지혜 3〉 정치와 정책. 교보문고. 퍼플. 2018. 국판 296쪽. 11,500원.

〈삶의 지혜 4〉 미국의 문화와 생활, 부크크. 2021. 국판 270쪽. 15,600원.

〈삶의 지혜 5〉 세상이 왜 이래? 부크크. 2021. 국판 248쪽. 14,000원.

〈삶의 지혜 6〉 삶의 흔적이 내는 소리, 부크크. 2021. 국판 280쪽. 16,000원.

기타

4차 산업사회와 정부의 역할. 부크크. 2020. 국판 84쪽. 8,200원 / 전
자책 2,000원.

사회복지정책책론. 송근원. 김태성. 나남 2008. 국판 480쪽. 16,000원.

4차 산업시대에 대비한 사회복지정책학. 교보문고 퍼플 [양장]. 2008.
42,700원.

사회과학자를 위한 아리마 시계열분석. 교보문고 퍼플 2018. 국판 300
쪽. 10,100원.

회귀분석과 아리마 시계열분석. 한국학술정보. 2013. 크라운판 188쪽.
14,000원 / 전자책 8,400원.

지은이 소개

- 송근원

- 대전 출생

- 여행을 좋아하며 우리말과 우리 민속에 남다른 애정을 가지고 있음.

- e-mail: gwsong51@gmail.com

- 저서: 세계 각국의 여행기와 수필 및 전문서적이 있음.